あなたへ

森沢明夫

幻冬舎文庫

あなたへ

目次

第一章　それぞれの夏の夜

少し、肌寒いかな……。

リビングの椅子《いす》で文庫本を読んでいた倉島英二は、エアコンのスイッチを切り、代わりにベランダに通じるガラス窓を開け放った。

網戸の向こうの宵闇《よいやみ》から、鈴虫たちの恋歌と一緒に、北陸の艶《なま》めかしい夏の夜風がふわりと忍び込んできた。

凛——。

窓辺に吊《つ》るした風鈴が、涼しげな音色を奏でる。

「いい音」

二人掛けの古いソファにぐったりと身体《からだ》を横たえた妻の洋子が、少しかすれた声を出した。

「起きてたのか」

「ええ……」

洋子はエビのように丸くなって、ぼんやりと風鈴の方を眺めていた。薄手のタオルケットをかけていても骨格が透けて見えそうなほどに痩《や》せた身体が痛々しい。

「もうすぐ、八月も終わりだな……」

何気なくつぶやいた英二だったが、自分の口から出たその台詞《せりふ》が不用意なものであったことに気づくと、続く言葉を失ってしまった。

しかし洋子はむしろ、ふっと微笑《ほほえ》みながら明るめの声を返す。

「そうね。もう九月ね」

「………」

思わず、すまん、と謝りそうになった英二だが、その台詞だけはなんとか喉元《のどもと》で呑《の》み込んだ。

八月が終われば、当然、九月だ。

だが、その九月は──五十三年という、あまりにも短すぎる洋子の人生に終止符が打たれると宣告された月でもあった。

悪性リンパ腫。

余命は六ヶ月。

担当医に宣告されたあの日から、ちょうど五ヶ月が経《た》った今日、洋子は久し振りに富山刑務所・職員官舎の二〇二号室――自宅へと帰ってきたのだった。

いわゆる「最後の帰宅」というやつだ。

洋子の身体に芽吹いた癌《がん》細胞は、すでに全身に転移していて、もはや医師たちには手のほどこしようがなくなっていた。つまり、癌は、憎々しいほどきっちりと余命宣告どおりに洋子の命を蝕《むしば》んでいるのだ。

凜。

ふたたび風鈴が鳴ると、洋子は怠《だる》そうな身体を起こして、「ふぅ」と気力を奮い立たせるような息を吐いた。

「ねえ、あなた」

「ん？」

「レモンスカッシュみたいな、冷たくてすっきりしたジュースが飲みたいわ」

夕食はほとんど喉を通らなかったのだが、飲み物なら受け付けるようだ。

「そうか。じゃあ、その辺で買ってくるよ」

読みかけの文庫本をテーブルに置き、英二は立ち上がった。

「わたしも、行くわ」

「え……」

凜——。

風鈴が鳴る。

「せっかく、気持ちよさそうな夜ですから」

洋子はソファの背もたれにつかまりながら、ゆっくりと立ち上がった。

「大丈夫か？」

「大丈夫なように、エスコートしてくださいね」

「エスコート？」

英二をからかった洋子は、くすっと笑って奥の部屋へ入ると、着ていた寝間着を着替えはじめた。

英二は着古したTシャツにジャージのズボンのまま財布を手にし、洋子の着替えを待った。

ところが、五分待っても洋子は奥の部屋から現れなかった。

まさか——。

「洋子」

声をかけつつ、ふすまを開けると、鏡台に向かって化粧をする妻の横顔があった。

「ごめんなさい。もうちょっとだから」

「その辺のコンビニまで行くのに、わざわざ化粧をするのか？」

よく見ると、着ている服までよそ行きのものだった。

ネックレスにイヤリングまで付けている。

いったい、どういう風の吹き回しだろうか。

抗がん剤治療をはじめてからはみるみる痩せて、張りを失った唇に、少し明るめの口紅をひいた洋子は、上下の唇を擦《こす》り合わせながら鏡に映る英二の顔を見た。

鏡の中で目が合うと、にっこりと微笑んだ。

「ちょっとだけ、頑張らせてくださいな」

「え？」

「きっと、最後のデートですから」

「…………」

英二は何も言わず、自分もジャージのズボンを新しめのスラックスに穿《は》き替え、Ｔシャツの上にパリッと糊の利いたボタンダウンの半袖シャツをはおった。

洋子と結婚したのは、十五年前のことだった。

当時、英二は四十八歳、洋子は三十八歳――多少の無理をすれば子供を授かれない年齢ではなかったが、しかし二人は穏やかで満ち足りた大人だけのつつましやかな人生を選びとっていた。

英二は木工専門の作業技官、つまり刑務作業をする受刑者たちに木工を教える指導員で、この十五年の間に四回の転勤を経験した。勤務先はもちろん、全国各地の刑務所だ。ここ富山刑務所はそんな英二にとって最後の職場となるはずだったのだが、定年後に思いがけず嘱託として再雇用され、今年で三年目に入っている。

「ねえ、裏道をくるっと回って行きません？」

官舎を出てやわらかな夜風を深呼吸した洋子が、左を指差した。裏道というのは刑務所の裏手の路地のことで、そこは田んぼと、小川と、用水路に面していた。

英二は「うん」と頷《うなず》き、刑務所の高い壁に沿って左回りにゆっくりと歩きだした。

「いい風……」

夜空を眺めるような上向き加減で、洋子が並んで付いてくる。髪の抜け落ちた頭には、白いサマーニットの帽子をかぶっている。その横顔が、なんだか遠いあの世を見詰めているようにも見えて、英二は逆に視線を落としてしまうのだった。

田んぼからは、無数のカエルの鳴き声が聞こえてきた。用水路はチョロチョロと心地よい流水の音を奏でている。昼間なら銀鱗《ぎんりん》をきらきら光らせた小魚の姿が見られる、澄んだ流れだ。

「そういえば、今年は蛍を見られなかったわ。残念──」

ふいに洋子が英二を振り向いた。

「そうだね」

この裏道には、梅雨《つゆ》時になると蛍が舞うのだ。数は多くないが、それでも毎年、洋子と夕涼みがてら散歩をしては、幻想的な緑色の光を眺めていたのだった。だが、来年はもう、こうして洋子と夜の道を散歩することすら叶《かな》わない。

英二は、ふらふらと頼りない足取りで歩く洋子の手をそっと握った。骨張って、ひんやりとした、儚《はかな》い小さな手だった。ぎゅっと握ったら、泡のように消えてなくなりそうだ。

「あなたから手をつないでくれたのって、これがはじめて」

嬉《うれ》しいような、哀《かな》しいような声でそう言って、洋子はきゅっと英二の手を握り返した。

「エスコートするように、言われたからな……」

照れ隠しに言うと、洋子は「ふふっ」と笑った。

考えてみれば、なるほどこれがはじめてだった。「最後のデート」になって、ようやく自分から手を握れただなんて──、消極的すぎる己の性格が情けなくなる。

英二は物心ついた頃から、人より一歩さがって生きてきた。中学校の教師をしていた厳格な父親に頭を押さえつけられるようにして育ったせいもあるだろう。自分の意志で自分の道を切り開くことを、できる限り避けながら、毎日を過ごしてきたのだった。

思えば、作業技官になったのも、公務員を推した父の意見に従った結果であった。自分の唯一の趣味である木工を活かし、かつ、父の言うとおりの公務員……となると、道は、ただひとつ、刑務所の作業技官以外にはなかったのだ。そんなネガティブな消去法でもって、人生を大きく左右するであろう職業を選んでしまったのである。

しかし、結果的に英二はそのことを後悔してはいなかった。毎朝きっちり決まった時刻に起きて、規則にのっとった仕事をこなし、そして、誰にも迷惑をかけずに小さな塀のなかの世界で生きてゆくこと――。はからずも、それは英二の性にぴったりと合っていたのだ。

木工を教える相手が犯罪者であるというのも、むしろ好都合だった。刑務官の冷厳な視線のなかで常に規律正しく振る舞わなければならない彼らは、英二の指導に反抗することもなければ、不平を口にすることもないのだ。もしも塀の外の一般社会において「自分よりも立派な他人」を指導することになったなら、自分は負い目や不安を抱いてしまうだろう。そう思うと、犯罪者相手という多少のリスクはあっても、刑務所のなかの方がむしろ精神的に穏やかでいられるのだった。

もっと言えば、出世競争とは無縁の職種であることも幸いしていた。刑務官とは違い、英二の属する作業技官には、出世もなければ降格もない。何年経っても階級はずっと同じ中堅のままだから、周囲の人間関係に余計な気を遣わなくて済む。そんなところにも、居心地のよさを感じていたのだった。

どこまでも平坦な、受け身の人生——。

英二はひたすらそういう控えめな道だけを辿《たど》ってきた。友人にも、女性にも、自分から積極的に働きかけることはなかった。そして、そんな生き方を分相応であると信じて疑わず、ただ、日々を淡々と平穏に暮らしていたのだった。

ところが、そんな地味でモノクロームだった英二の人生を、鮮やかな総天然色に塗り替えてしまう存在が現れた。それが、他ならぬ洋子だったのだ。

洋子は、英二の生き方を変えようとはせず、しかし考え方を根っ子から変えてくれたのだった。それまで英二が地味だと信じていた仕事を「あなたの天職ね」と自分のことのように喜び、口下手《くちべた》という短所を「沈黙は金《きん》なのよ」と励まし、そして、刺激のない平凡な暮らしを「これこそが幸せ」と言って微笑んでくれたのだった。

こんな自分でも、誰かを幸せにすることができる——。

その革命的な気づきは、洋子からもらった人生最大のプレゼントだった。

「ねえ、あなた、月が」

ふいに話しかけられて、英二は夜空を見上げた。

すうっと東へ流れる雲の切れ間に、銀色の三日月が鋭利な刃物のように光っていた。

「ずいぶんと、薄い月だな」

「でも、光が強いわ……」

「うん」

二人はしばし足を止めて、雲間に見え隠れする月を見上げていた。

もしかすると、こうして肩を並べて月を見上げられるのも、これが最後かも知れない――

英二は、弱々しい洋子の握力を恵み深いものに感じながら、鼻の奥にツンとこみ上げる熱が涙に変わらないよう心を砕いていた。


コンビニで買い物を済ませて官舎の敷地に戻ってきたとき、すでに洋子は体力のほとんどを使い果たしていた。

「階段、登れるか?」

「ええ、大丈夫」

いざとなったら背負って登ろうと思いながら、英二は洋子の脇に左腕を差し入れて階段に足を踏み出した。

一歩一歩、ゆっくりと段を上がる。

　やがて踊り場にさしかかったとき、英二の右脚の裏から、グシャッ、という嫌な音が響いた。

「あ」

　思わず、声をあげてしまった。

　スナック菓子を潰《つぶ》したような感触ではあったが、しかし、踏んだ刹那《せつな》、「ジ……」という断末魔の声が聞こえていた。

　蟬《せみ》だった。

「なに?」

　階段を登ることに必死の洋子には、その声は届いていないようだった。

「いや、何でもない」英二は表情を変えず、洋子を支える腕にぐっと力を込めた。「あと少しだ」

「ええ……」

　洋子は、か細い脚に力を込めて階段を登る。

　あと少しだ。

　あの蟬の命だって……、きっと、あと少しだったのだ。

　八月の終わりに、七日間の地上での命を終えるところだったに違いない。すでに樹にとまる力すら失くし、地面を這《は》い、やがては蟻《あり》に全身を喰《く》われながら、もがき苦しんで死ぬはずだったのだ。そんな身も世もない思いをするくらいならば、いっそのこと――。

英二は、小さな殺生《せっしょう》の罪悪感をぬぐい去ろうとして、そんなことを考えてみたのだが、しかし、それは逆効果だった。

まさにいま、洋子は全身を癌に喰われながらも必死に生きているではないか。最後の最後まで死力を尽くして、英二との「最後のデート」を完遂させようとしているのだ。いっそのこと、などと考えること自体が、あり得ないことだった。

自宅のドアが見えてきた。

「あと少しだ」

「ええ……」

震える膝《ひざ》に力を込めて、洋子は階段を上がる。

あと少し。

たとえ残された時間があと少しであっても、自分は最後の最後までその時間を慈しまなければ……。

明日になったら、あの蝉をどこかに埋めてやろう――。

英二は胸裡《きょうり》で蝉に詫《わ》びつつ、一方では、いとおしい命の枯れ枝のような重みを左腕に感じながら、最後の一段を登り切った。

帰宅するや否や、洋子はソファにへたり込んだ。

欲しがっていたレモン味の炭酸ジュースも、ひとくち飲んだきりで、あとはキャップを締めてしまった。

「エアコンをつける？　窓を開ける？」

英二が訊《たず》ねる。

「外の風が、いい……」

英二は頷いて窓を開けた。台所の小窓も開けて風を通す。

凜。

洋子の好きな風鈴が鳴ったとき、

「はあ」

ため息ではなく、洋子が感慨深そうな声をもらした。

「どうした？」

「夢みたいだったなぁ、と思って……」

「え？」

洋子はソファの背もたれにしなだれかかるようにして、どこか遠い目で微笑んでいた。

「もう、あなたと一緒に外を歩いたりなんて、できないと思ってたから。しかも、手までつないで。ふふふ」

「………」

「夜風が、本当に気持ちよかった。土と水の匂いがして、月が光ってて――」

「うん……」

「なんだかね、ああ、わたしはこんなに素敵な世界に生きていたんだなって、病気になってからよく思うの。もっと早く気づけばよかった」

生きていた、よかった――と、洋子はすべてを過去形で言う。その意味するところを受け入れたくなくて、英二はつい未来のことを口にしたくなる。

「ええと、明日は……、洋子の好きな、しめ鯖《さば》でも買ってこようかな。駅前に、美味《うま》い店ができたんだ」

口下手な英二は、しどろもどろになりながら見え透いた台詞を吐いてしまった。こういうときこそ沈黙は金であると痛感させられる。

しかし洋子は、まぶしいような目で英二を見て、「はい」と微笑みながら頷いてくれた。

洋子は風呂に入る気力も体力も残していなかった。洗面所でなんとか化粧を落として寝間着に着替えると、そのまま倒れ込むように布団に伏してしまった。

時刻はまだ午後九時を回ったばかりだったが、英二も一緒に床に就くことにした。寝室に並べた布団は、右側が英二で、左側が洋子だ。結婚してからの十五年間、ずっとこの並びで夜を過ごしてきた。近い将来、布団が一枚になってしまったときの寝室の広さを想うと、英二は背骨の芯《しん》が凍えたようになって、ぞくりとしてしまう。

ため息をこらえながら照明を小玉電球に切り替えたあと、英二は自分の布団をずらして、二枚の敷き布団の隙間《すきま》をぴたりとなくした。そして、自分も布団に潜り込んだ。

夢みたいだったなぁ、と思って……。

さっきの洋子の台詞が耳の奥にこびりついている。

英二は、隣の布団のなかにそっと手を差し入れた。洋子の手を探り当て、布団のなかで握った。だが、照れ臭さもあって、天井を見たまま黙っていた。

「夢のなかまで、エスコートしてくれるんですか」

洋子が少し息苦しそうに、しかし、悪戯《いたずら》っぽく言う。

うん、とも、ああ、ともつかないような声を出して、英二は小さく咳払《せきばら》いをした。

寝室に置いた目覚まし時計が、カチカチカチ……と一定のリズムを刻んでいた。無慈悲なほど正確に、時間は流れている。

「あなた——」

「ん？」

英二は天井を見たまま、小声で返事をした。

凜。

リビングから、風鈴の音が聞こえてくる。

「ありがとう……。本当に」

声は力なくかすれてはいたが、ありったけの気持ちを込めた台詞であることは哀しいほどに伝わってきた。

英二は震える心を悟られまいと、できるだけ平然とした口調で答えた。

「今日みたいに、洋子の調子のいい日があったら……、また、散歩でもするか」

凜。

凜。

風鈴が二回鳴っても、洋子の返事はなかった。

思わず振り向こうとした刹那――。

「そうね……」

と、小さな声がした。声は、震えていた。

英二は少しだけ頭を転がして、洋子の方をそっと窺《うかが》った。

天井をじっと見詰めた洋子の目尻から、しずくがぽろぽろとこぼれて耳にまで伝っていた。

英二はそれを見なかったことにして、自分も天井に視線を戻した。

胸の内側には様々な「想い」が溢《あふ》れて、熱をはらませていた。だが、その「想い」はどうしても「言葉」になってはくれなかった。もしも不用意に「言葉」に置き換えたなら、それは限りなく「さようなら」に近い響きをまとってしまいそうな気がするのだ。

英二は、握った手の温もりに想いを込めた。

洋子の手が、きゅっと軽く握り返してきた刹那――、これまでずっとこらえていた英二のなかの細い糸がプツリと途切れた。

いきなり、ぽろぽろと目尻からしずくがこぼれ出して、それが耳のなかへと伝いはじめた。

凜。

洋子の好きな風鈴が鳴る。

二人は見慣れた天井を見上げたまま、布団のなかでそっと手をつなぎ、声を殺して泣き続けた。

◇　◇　◇

夏の夜空に、天の川が渡っていた。

だが、頭上がきらびやかなぶんだけ、その下にある峠の展望台の駐車場には幽寂《ゆうじゃく》とした闇が沈殿していた。

駐車場の周囲は、ぐるりと濃密な樹々に覆《おお》われている。

頭上では、影絵を思わせる幾千もの枝葉が生暖かい夜風と戯《たわむ》れて、ざわざわと不穏な音を立てていた。

明滅を繰り返す自販機が、ひとつ。

古びた水銀灯が、ふたつ。

それらの頼りない光源には無数の蛾《が》たちが吸い寄せられ、狂ったようにガラスにぶつかりながら乱れ飛んでいた。

その明かりすらもほとんど届かない駐車場の最奥部には、紺色のハイエースワゴンが停まっていた。ワゴンはまるで、何年も前からそこに捨て置かれているように、ひっそりと闇に同化していた。数十台は停められそうな駐車場だが、午前零時をまわったいま、停まっているのはこのワゴン車だけだった。

「蜘蛛《くも》は網張る私は私を肯定する……」

バックシートを倒したそのワゴン車の運転席で、白髪頭《しらが》の杉野輝大がぽつりと天井に向かってつぶやいた。

放浪の俳人、種田《たねだ》山頭火《さんとうか》の句だ。

つぶやいた句はすぐに闇に吸い込まれるように霧散《むさん》し、ふたたび耳鳴りのしそうな静寂が車内を満たした。

杉野は首にかけていたタオルで、脂ぎったあばた面に滲《にじ》んだ汗をごしごしとぬぐう。

ワゴン車のエンジンは停止させていた。したがってエアコンも切ってある。車内はひどく蒸し暑かった。せめて窓を開けて風を取り込みたいところだが、そうすれば今度は蚊《か》が一斉に飛び込んでくるし、この車内に人が存在することを獲物に感づかせてしまう可能性もある。

だから、閉め切っておく。

還暦を一年ほど過ぎた身体にこの熱帯夜はさすがにこたえるが、蜘蛛が獲物を捕えるには気配を消しておかねばならないのだ。

しばらくすると――。

駐車場に一台の車が滑り込んできた。

杉野は倒していたバックシートからわずかに上体を起こし、その車の様子をそっと覗《のぞ》き見た。展望台へと続く遊歩道の階段からいちばん近い自販機の前に、白いセダンの高級車が停まった。

「ようこそ、蜘蛛の巣へ」

ひとりごとをつぶやいて、杉野はセダンのなかから人が出てくるのを待つ。

最初にドアが開いたのは助手席で、緩慢《かんまん》な動作で降り立ったのは予想どおり若い女だった。

続いて運転席から背の高い男が降り立つ。男の方は、女よりも十歳ほど上に見える。

男は車を回り込むと、女の肩を抱いて歩きだした。女の手も、男の腰に回される。二人はぺったりと上半身をくっつけて、もつれ合うように展望台へと続く階段を登りはじめた。

「ごゆっくり、どうぞ」

つぶやいた杉野は、あばたの浮いた頰《ほお》を歪《ゆが》ませた。

笑ったのだ。にやりと。

この駐車場から展望台までは、片道十五分。往復で三十分かかる。カップルならば、夜景を見下ろしながら、しばらくはいちゃつくだろう。つまり、彼らがここに戻ってくるまでは、少なくとも四十分はかかる計算だ。杉野が仕事を完遂させるには、充分すぎる時間だった。

この上の展望台には、丸太で作られたベンチが三つあるだけで、自販機ひとつない。だから、いちいち財布を入れた鞄《かばん》を持っては登らないだろうと杉野はふんでいたのだが、見事にそのとおりになった。二人は手ぶらで歩いていったのだ。

カップルの後ろ姿が見えなくなると、杉野は静かに運転席から降り立った。ルームランプを消し、ドアはわずかに開けたままにしておく。不用意にバタンと音を立てるのは素人《しろうと》のやることだ。

車外には森の匂いのする夜風が吹いていた。その風が、汗ばんだ杉野の首筋をすうっと撫《な》でて、火照《ほて》りを冷ましてくれる。

天の川に向かって両手を突き上げた。

んー、と大きく伸びをしてから、杉野はのらりくらりと無人の高級セダンに向かって歩きだした。背中を丸めてがに股で短い脚を運びつつ、グレーの短パンのポケットに両手を突っ込む。そして右手でジッポー型のターボライター、左手でミネラルウォーターの入った小さなペットボトルをつかみ出した。

展望台へと続く階段の下まで来ると、いったんそこで耳を澄ました。カップルの気配は完全に消えている。

杉野は高級セダンの運転席の脇に立ち、車に警報装置が付いていないことを確認した。

カチッと小さな音を立てて、ターボライターに着火した。

シューッ。

勢いよく噴き出す青い炎を窓ガラスの一点に吹き付ける。

二十秒も炎を当てていると、高熱で窓ガラスがぐにゃりと水飴《みずあめ》のように歪んだ。

「こんなもんだろ」

ライターのフタを閉じると、今度はペットボトルのキャップを開けて、歪んだガラスに水をどぼどぼと降りかける。

ピシ……ピシピシピシ……。

乾いた音とともに、ガラスに蜘蛛の巣状のひびが入った。ガラスは急激な温度差に弱いのだ。

「なかなか、きれいな蜘蛛の巣だ」

満足げに目を細めた杉野は、芸術作品でも鑑賞するようにガラスのひび割れを眺めた。そして、ライターの尻でコツンと蜘蛛の巣の中心を叩《たた》いた。

バラバラバラ……。

細かく砕け散ったガラス片が、ほとんど音も立てずに車内へとこぼれ落ちる。

窓ガラスに、ぽっかりと丸い穴があいた。

焼き破り——。

このところ窃盗犯の間で流行している、ガラス破りの方法だ。

窃盗犯がガラス窓から侵入する方法はいくつか知られているが、実はどれも効率的ではない。たとえば杉野がかつて得意としていたピッキングには専門の道具や技術が必要だし、よほどの敏腕でない限り時間もかかる。粗野な外国人のようにガラスを叩き割れば、時間はかからないが、大きな音を立ててしまう。

その点、焼き破りはいい。ライターと水を持っていても警察には怪しまれないし、音もほとんどしない。鍵を開けるまでの時間もせいぜい一分あれば済む。

杉野はガラスに空いた穴から右手を突っ込んでドアロックを解除し、悠々と運転席のドアを開けた。

ルームランプが点灯して、車内を黄色く照らし出す。

助手席には女物のバッグがあった。高級ブランドだ。コンソールボックスの上には、男物の革鞄が無造作に置かれていた。

「チョロいですなあ」

両方の鞄をひょいと手にすると、男物の鞄のなかから長財布を抜き出し、ざっと中身を確認した。一万円札が十枚以上はある。杉野は福沢諭吉をひとつ抜き取り、それをダッシュボードの上に置いた。全額いただいてしまっては、万一、帰りにガス欠になったりしたときに不憫《ふびん》だし、ラブホテルの宿泊代金くらいは置いていってやるのがプロの心意気というものである。

杉野は自分が触れて指紋をつけた箇所をハンカチで丁寧にぬぐいとり、ライターの尻でスイッチを押してルームランプを消した。冬場は手袋を使えるため指紋を残す心配はないが、夏場は出会い頭《がしら》の職質に備えて、手袋を持ち歩かないのがプロの常識だ。もちろん、犯行後に車のドアを閉めて音を立てるようなことはしない。半ドアのままで放置だ。

きらめく星空を見上げながら、杉野はゆっくりとワゴン車に戻り、助手席にポイッと高価な鞄をふたつ放り投げた。「よっこらしょ」とかけ声を口にして運転席に乗る。静かにドアを閉め、エンジンをかけ、エアコンのスイッチを入れた。

快適な涼風に、ため息をもらす。

「けふもよく働いて人のなつかしや」

山頭火の句をつぶやいてから、ワゴン車をゆっくりと発進させた。ここから先は、まず県警の管轄が変わる隣県まで車を走らせ、どこかで現金だけを抜き取ったあと、残りの鞄や財布は川にでも流してしまう。それがいつもの杉野のやり方だった。

駐車場を出て、ハンドルを左に切った。

そのまま暗い峠の坂道を下っていく。

峠を下りて国道に出たら、日本海沿いに南下していき、そのまま西へ向かおうと思っていた。理由はとくにないが、あえて言えば、「仕事」を繰り返しつつ東北地方から降りてきたから、なんとなくそちらには戻りたくないのだ。

今宵《こよい》は、道すがら海に面したパーキングでも見つけて、そこをねぐらにして夜を明かすつもりだった。このワゴン車はキャンピング仕様に改造されているから、どこでも停めたところがその日の宿になる。明日は、風情のある温泉でも探して、ひとっ風呂浴びるのもいいだろう。

暗い九十九折《つづらお》りの坂道をひたすら下っていくと、やがて遠く樹々の間隙《かんげき》にちらちらと街の明かりが見えはじめた。

杉野はカーラジオのスイッチを入れた。

地方のＦＭ局にチューニングを合わせると、天気予報が流れはじめた。甲高くて少しハスキーな声をした女が、明日は全国的に悪天になると報じている。日本海側では、ところによって激しい雷雨もあるらしい。

雷、か……。

カーブに沿ってステアリングをゆっくりと切りながら、杉野は遠い目をした。

あの日の雷は——、元女子高の国語教師らしく言えば、春雷というやつだったはずだ。寒冷前線の通過にともなってしばしば起きる、激しい春の雷。

杉野の頭のなかに、ふつふつと二十年前の放課後の教室の映像が甦《よみがえ》ってくる。女子高特有の、汗と化粧品の混じったような甘ったるい匂いまでも、リアルに思い出してしまう。


あのとき——。

あの教室から見えていた窓の向こうは、薄暗く、白濁した世界だった。外は叩き付けるような豪雨で、時折、激しい雷鳴とともに稲妻が閃光《せんこう》を放っていた。

誰もいない教室の真ん中で、杉野のネクタイを直す素振りをする女子生徒がひとり。十代のあどけない顔の裏側から、ちらちらと大人の艶《つや》っぽさを見え隠れさせていた。

「ねえ、先生」

鼻にかかったような、甘えた声。たっぷりと媚《こび》を含んだ、メスの声だ。

「駄目だって。先生には、そんな不正はできない」

　彼女は、卒業をするために必要な出席日数もテストの点数も足りない、問題のある生徒の一人だった。進学とはまるで無縁の地方の女子高。そのなかでも、ひときわ出来の悪いこの生徒には、過去に二度の補導歴があった。

「うん、わかってる。卒業できなくてもいいよ。だって、先生に迷惑かけたくないもん」

「…………」

「でもね……」潤んだ目で杉野を見上げながら、声にいっそうの艶っぽさを含ませた。「わたしが学校やめたら……、教師と生徒の関係じゃなくなったら……」

「え……」

　女子生徒は、杉野のワイシャツの胸のあたりを、白い指で撫ではじめた。

「先生の、彼女になりたいだけ」

「な、何を言ってるんだ。お前な――」

「知ってたでしょ」杉野の言葉をさえぎるように、女子生徒は言葉をかぶせた。「わたしの気持ち……。知ってたんでしょ」

「え、いや、先生は――」

　そんな気持ち、微塵《みじん》も知らなかった。

「わたし、もう、我慢できないよ」

ふいに女子生徒の左腕が杉野の首に巻き付いて、素早く唇が重ねられた。あまりの急な出来事に呆然《ぼうぜん》としかけた杉野が、ハッと我に返って顔を引こうとした瞬間、今度は下半身に甘いしびれが走った。女子生徒の右手が、杉野の股間に伸びていたのだ。

キスをされたまま、思わず、ごくり、と唾液を飲み込む。

「ん……」

ふたたび唇を離そうとしたが、女子生徒は首に絡めた左腕に力を込めて、しぶとく舌を絡み付かせてきた。そのままズボンのファスナーが下ろされ、細くて白くてやわらかな指がそのなかにするりと滑り込んできたとき、杉野は自分の内側から理性が蒸発していくのを感じていた。

春雷の閃光が弾け、一瞬、教室は真っ白な異世界になった。すぐに激しい雷鳴が轟《とどろ》き、ガラス窓をビリビリと揺らす。絡み付く舌。唾液の蜜の味。白い指の感触。幼い愛撫《あいぶ》。甘やかに溶かされていく股間。

杉野は、なかば無意識に両腕を女子生徒の背中に回し、華奢《きゃしゃ》な上半身を抱き寄せた。

そのまま、やわらかな唇を強く吸った。

「あん……。ちょ、ちょっと、センセ……」

杉野の急な変貌《へんぼう》に驚いたのか、女子生徒はファスナーのなかから右手を引き抜くと、一歩あとずさって逃げるような格好をした。

しかし、杉野の腕力は後戻りを許さなかった。

セーラー服の背中をぐいっと引き寄せて、ふたたびやわらかな唇をふさいだのだ。

雷ではない閃光が教室のなかに走ったのは、その瞬間だった。

ハッとして、その光源に目をやると、三人の女子生徒が教室の入口に立ってにやにや笑っていた。しかも、いちばん前に立っている生徒は、一眼レフカメラを手にしていたのだ。

「もう放してよ、エロ教師」

いままで唇を吸っていた女子生徒が、杉野の腕を強引に振りほどいた。

ハニー・トラップ。

気づいたときは、もう遅かった——。

翌日、杉野は女子生徒の出席日数とテストの成績を改ざんして、卒業を約束した。交換条件として、昨日のフィルムを渡してくれと言ったら、少女は「はぁ？」と、蔑《さげす》むような顔をして笑った。

「そんなの無理っしょ。フィルムを渡して、やっぱり卒業ダメなんて言われたら困るし。でもね、正直、先生がエロくて助かったよ。サンキュ」

あっけらかんと頬の横でVサインを見せて、教え子は廊下を軽やかに駆け出していった。

その後ろ姿のあまりの邪気のなさにぞっとして、杉野は鳥肌を立てた。

その女子生徒を卒業させてひと月ほどが経ち、学校全体がようやく新学期に慣れてきた頃、ふいに杉野は校長に呼び出された。まさか、と思ったが、嫌な予感というのは的中するもので、例の写真が校長と県の教育委員会の元に届いていたのだった。

少し考えればわかることだった。思春期の女の子たちの口に完全なフタなどできやしないということに。杉野が呼び出されたときにはすでに、あの写真は学校関係者や保護者、さらには生徒たちの間にまで広がっていた。

女子高の国語教師が生徒に猥褻《わいせつ》行為——。

数日後、そのニュースはテレビでも新聞でも扱われた。

警察の取り調べでは、ありのままを話してみたのだが、予想どおり、ほとんど聞く耳を持たれなかった。それも、そのはずだ。あの現場を見ていた証言者は女子生徒の仲間たちだけで、証拠写真まで撮られているのだ。いまさら何を言っても無駄だということは杉野も重々わかっていた。

杉野を罠《わな》にはめた女子生徒の両親は、事件の性質上、裁判をすれば娘がさらに傷ついてしまうと主張し、この一件は示談となった。

そして、ほどなく杉野は教職を解雇された。

職を失うと同時に、家族も失った。

何より大事にしていたはずの妻と娘は、あからさまに肩を落とし、泣きはらした青い顔で住み慣れた家から出ていった。

近所の人たちは、みな同じ視線の棘《とげ》で杉野を刺した。旧友までもが「お前、見損なったよ」などと言ってくる。

やがて杉野は、どこにいても周囲の視線が気になりはじめ、陰口を叩かれているような被害妄想に苛《さいな》まれて、ずるずると鬱《うつ》状態に陥っていった。

せめて人目を気にせず暮らせるように――と、他県に引っ越して安アパートに転がり込んではみたものの、鬱々と病んだ精神をどう叱咤《しった》しても、仕事をする気力などは湧いてこず、生活はじりじりと逼迫《ひっぱく》していった。

預金残高がいよいよ底をつきそうになった頃、隣の部屋で暮らしていた大学生に誘われて賭《か》け麻雀をするようになった。その雀荘で知り合ったチンピラまがいの男に、ちょっとした遊び心から大麻の味を覚えさせられ、気づけば組織的な車の盗難の仕事に誘われるようになっていた。

「ちょいと特殊な技術さえ覚えちまえば、あとはもう、チョロく儲《もう》かる仕事なんですよ」

男はそう言って悪戯っぽく笑った。

厭世的《えんせい》で、日々の生活に困窮していた杉野に、断る理由などあるはずもなかった。

元来、手先が器用な杉野は、ピッキングの技術を教わるやいなや、水を得た魚となった。次々と車を盗んでは、得体の知れない組織から小金をもらうという日々を送りはじめたのだ。一台あたりの報酬は少額でも、それが十台ともなれば、ある程度はまとまった金になるし、高級車を盗《と》れば、そこそこ割りのいい報酬を手にすることができた。やがて杉野は高級車専門で盗難を続け、ジリ貧の生活からはなんとか抜け出せた。

しかし、自称「法治国家」であるこの国の警察が、プライドをかけて盗難組織撲滅に乗り出してくると、末端の杉野はあっけなくお縄頂戴となった。そして、それから刑務所と娑婆《しゃば》を行き来する人生がはじまったのだった。刑務所から出所しても、百年に一度と言われるこの不況下では、まともな就職先などはなく、結果、ついつい手軽なピッキングに走ってしまうのだ。

三度目の逮捕で放り込まれたのは青森刑務所だった。再犯率の高い犯罪者が多く入れられることで知られる刑務所だが、しかし、そこで杉野は、ひとつの心理的な転機を迎えたのだった。刑務作業の一環として与えられた木工という仕事が、自分でも思いがけないほど性に合っていて、愉《たの》しかったのだ。

木工をしているときは他人の目を気にせず、モノ作りに集中できることが何よりも心地よく、ある種の安らぎすら感じることができた。さらに、出来上がった杉野の作品が人に使われ、喜ばれていることを作業技官から伝えられると、それまで荒《すさ》んで乾き切っていた杉野の心が、じわじわと潤っていくような気さえするのだった。

木工の虜《とりこ》になった杉野は、刑務作業に精を出す模範生となり、予定よりも半年ほど短い刑期で出所し、そして、心機一転、木工所の就職先を探し歩いた。

しかし、世間はそんな杉野を指弾し続けた。考えてみれば、何度も繰り返し罪を犯した前科者をおいそれと雇うような物好きな職場など、そうそうあるはずもないのだ。

それでも、門前払いを覚悟で必死に探しまわっていると、千載一遇の好機が巡ってきた。たまたま三人の社員が一度に辞めて困っているという製材所兼木工所があったのだ。すでに還暦を間近に控えていた杉野は、二十歳も年下の社長に平身低頭へこへこと頭を下げまくり、ようやく働き口を得ることができたのだった。

ところが、就職してすぐに問題が起きた。経理の事務処理をしていた女性が、現金が二万ほど足りないと騒ぎだしたのだ。真っ先に疑われたのは杉野だった。

滅相もありません。神に誓ってやっていません――。

言えば言うほど、社内の人間たちの目は冷ややかになっていった。それは、かつて猥褻事件を起こした直後に、近所の連中が杉野に向けたのと同じ、棘のある視線だった。自分を鬱へと引きずり込んだ、あの堪えがたい毒針……。

杉野はすぐにでも逃げ出したい衝動に駆られたが、しかし、ここで仕事を辞めてしまえば、無実の罪を認めたことになる。だから杉野は、職場で孤立したまま、黙々と働き続けた。勤勉さを行動で示すことで、自分を理解してもらおうとしたのだ。

しかし、その一週間後、社長に肩を叩かれた。

「俺だって杉野さんが犯人じゃないと信じたいよ。でもさ、申し訳ないけど、他の社員の手前……。ね、わかるでしょ」

そう言っている社長の視線にも、たっぷりの毒が含まれていた。

そして杉野はまた無職の風来坊になった。

それからしばらくは、かつて賭け麻雀をやっていた頃の仲間を頼りつつ、ふらふらとその日暮らしをしていたのだが、あるとき、仲間の一人が脳卒中で急死したという知らせを耳にした。死んだのは、身寄りのない一人暮らしの中年男だった。

杉野は、喪主が誰なのかすらもわからない葬式の準備のどさくさに紛れ込み、堂々と死んだ男の家にあがり込むと、勝手知ったる居間の引き出しのなかから車のキーを拝借した。そして、そのままその男の車が停めてある駐車場へと向かった。家から歩いて数分のところにある砂利の駐車場には、見覚えのある紺色のワゴン車が停められていた。ドアを開け、運転席に座る。外見はトヨタの一般的なハイエースワゴンだが、車内は寝泊まりのできるキャンピングカーだった。杉野の脳裏に、旅から旅への放浪暮らしという、悠々自適なイメージが広がった。

思えば、敬愛する種田山頭火もまた、不幸の連続の人生の果てに放浪の旅に出たのだ。ならば、自分も――。

杉野は賭け麻雀の仲間たちには何も知らせず、盗んだキャンピングカーに乗ってふらりと旅に出た。

それがちょうど二ヶ月前の、梅雨の晴れ間のことだった。

出発してすぐに、山頭火の句を口にした。

「分け入っても分け入っても青い山」

放浪生活は、想像以上に杉野を満足させた。自分をとりまく風景が変わるにつれて、杉野の内側をがんじがらめにしていた鎖がパラパラとほどけていくような快感を味わえたのだ。

自分はもう世間を捨てた。現代の山頭火になったのだ。何にも縛られず、すべてを受け流しながら生きていく。それでいい。旅の終わりも、行き先も決めず、死ぬまで、ただただ流れていく。杉野はそう決めた。決めたら、気持ちに羽が生えて自由になり、久し振りに――、いや、二十年振りに、心のなかに清々《すがすが》しい「自分の人生」という風が吹き抜けた気がしたのだった。


「明日は、雷かよ……ったく、縁起でもねえ」

峠道をさらに下りながら、杉野は自嘲《じちょう》ぎみに笑った。

カーラジオのFMが、天気予報から若者向けの歌番組に変わる。杉野はチューナーを操作してAMの民放から気に入った番組を探した。ニュース、洋楽のロック、下らないトーク、そしてまた若者向けの歌番組。

面倒になって、スイッチを切った。

やがて峠を下り切ると、赤信号につかまった。

なにげなく車窓から夜空を見上げた刹那、脳裏に山頭火の句が降ってきた。

《月のぼりぬ夏草々の香を放つ》

遠い街の明かり――その上に、刃物のように鋭く光る三日月が浮かんでいたのだ。

「刺さりそうな月だな……」

つぶやいて、杉野はパワーウインドウを下ろした。

しかし、車内になだれ込んできたのは、夏草の香りではなく、かすかな海の匂いと虫たちの歌声だった。

◇　◇　◇

東京駅から約一時間半――。

街というよりは、町……いや、むしろ田舎という単語の方がしっくりくるような郊外の駅に降り立った田宮佑司は、ホームの上でひとり深呼吸をした。

一週間ぶりに吸い込んだ地元の夜気には、馥郁《ふくいく》とした香ばしい土の匂いがたっぷり含まれていて、妙にほっとする。ホームの裏手の草地からは、リンリンと清洒《せいしゃ》な鈴虫の歌が響き渡り、見上げた夏空には天の川が渡っていた。森を切り開いてむき出しになった丘は黒いシルエットになっていて、その上には、まるで刃物のように鋭く光る細い三日月が浮かんでいた。

自動改札を抜け、開発途中の駅前ロータリーに出た。

まだ住民も少ない、規模の小さな町のわりには、このロータリーは広々としていた。周辺には虫食い状にぽつぽつと飲食店の電飾看板が光っているが、それ以外は見事なほどに真っ暗だった。タクシー乗り場に待機している車両も一台だけだ。

いいじゃないか、静かで。

やっぱり人間は、こういうところで暮らさないとな。

星空の下、のんびりと歩きながら、田宮はひとりごちる。

間もなく三十六歳の誕生日を迎える田宮が、この閑寂《かんじゃく》とした土地に二階建ての小さな一軒家を建ててから、ほぼ一年が経った。支払いは二十五年ローン。六十歳で定年退職を迎えるのと同時に、きれいさっぱり返済が終わる計算だ。

本音を言えば、一戸建ては田宮の収入からするとなかなか厳しい買い物だった。だが、それでも田宮は清水の舞台から飛び降りた。都内の貿易会社に勤めていた妻の美和が過労で倒れたことに、背中を強く押されたのだ。

独身の頃からずっと総合職として働き詰めだった美和は、最近の若い女性としては珍しく、結婚後には専業主婦になることを熱望していた。過去に二度も胃潰瘍《いかいよう》をわずらっていたから、相当にきつい職場だったのだろう。いずれは子供を産んで、子育てをしっかりと経験したいという想いもあるようだった。

とにかく、本人が専業主婦を望むのならば、少しでも気分よく安らげる、庭付きの一戸建てをプレゼントしてやりたい——そう田宮は思ったのだ。ついでに言えば、田宮の知らない男たちがうようよといる会社から美和を引き離したいという思惑も少なからずあった。

美和は仕事が忙しくなると、しばしば会社に泊まっていた。結婚して六年、もはや新婚というわけでもないが、それでも三十路《みそじ》を迎えたばかりの妻が外泊することには抵抗があったし、一抹の不安を抱かずにはいられなかったのだ。手前味噌《てまえみそ》になるから外では決して口にしないが、美和は誰が見ても「清楚《せいそ》な美人」のカテゴリーに分類されるはずの「いい女」なのだ。

そんなわけで、惚《ほ》れた弱みも手伝って、田宮は多少の無理を覚悟しながらも、この地に終《つい》の住処《すみか》を構えることにしたのだった。

新居への引っ越しを終えると、さっそく田宮と美和それぞれの両親を招き、ささやかなパーティーを催した。両親たちは終始笑顔で、引っ越し祝いもたんまりと弾んでくれた。

「子供部屋が二つってことは、そういう家族計画なのかしら？」

美和の母親に悪戯っぽい顔で訊《き》かれたが、まさにそのとおりで、それが美和の思い描く未来像だった。だから、これからは子作りに励んで、来年か再来年あたりには一人目を出産し、その三年後には二人目。下の子供が幼稚園に入る頃には、一匹のラブラドール犬を飼っている――そんな、日本中のどこにでも転がっていそうな、ささやかな夢を美和は抱いていたのだ。そして、その夢は同時に田宮自身の夢でもあった。美和の幸せそうな顔を見ることこそが、田宮の人生における至福でもあったからだ。

実際に住んでみると、新居はとても快適な生活空間だった。歩いて十分で着く駅には準急も停まるし、車で近くの大型ショッピングモールに行けば買い物に不自由することもない。流行《はや》りのアウトレットも車で五分だ。そして何より、空気と水が美味く、風景はのびやかで、閑静な環境にあることが素晴らしかった。都心からは少々遠いが、ひと月の半分は出張で、地方を転々としている田宮にとっては、それもさほど苦にはならない。

田宮の仕事は、北海道の駅弁「イカめし」の実演販売だ。全国の百貨店や大型スーパーなどで開催される「北海道展」などの催事場にブースを出店し、お客の目の前で「イカめし」を作りながら出来立てを売るのである。

もともと「イカめし」は「駅弁」だが、実際に駅で売れている弁当の数は、社内の総売上げの一割にも満たないのが現状で、残りの九割は田宮などの「イカめし職人」が全国の催事場で実演販売したものだ。

本社は北海道の函館にあり、田宮が所属するのは有楽町にある東京支社。担当地域は主に関東から西の売り場で、人数が足りないときは助っ人として東北や北海道にまで駆り出されることもある。職人は、ひと月の間にだいたい四～五カ所の催事場を巡り、一日平均で二千個ほどの「イカめし」を売り上げる。たくさん売り上げれば、その分「売上げ手当」が付くのだが、性格が明るくて軽快なトーク術に長《た》けた田宮は主婦層の客に受けがいいせいか、四十人ほどいる職人のなかでも常にトップクラスの成績を上げ続けていた。売上げの多い日は五千個もの弁当を売り上げ、収入も他の職人たちとくらべて、倍近くになる月もあるほどだった。社長からも支社長からも重宝がられ、「イカめしを全国に売るトップセールスマン」として、北海道の地方テレビ局で紹介されたことすらある。

田宮は仕事にプライドを抱いていた。そして、その仕事で美和を幸せな専業主婦として養っているという自負もあった。だから、この地に引っ越してきてからは、自然と胸を張って大股《おおまた》で田舎道を闊歩《かっぽ》していたのだった。

天の川を眺めつつ駅前ロータリーを歩いているとき、ふと数日前に開店したばかりの洋菓子店が目についた。田宮はその店で美和の大好きなロールケーキを買うと、まだ若いハナミズキが植えられた並木道をのんびりと歩きだした。歩道が広く、静かでまっすぐな、いい道だ。秋に紅葉するこの樹々たちも、自分たち家族の生活とともに生長していくことだろう。

郊外のニュータウンには夢がある。とりわけ早期から入居した住民には、これからどんな街へと発展していくのかを想像して、わくわくする権利が与えられている――田宮はいつもそんなことを思っては、ひとり静かな幸福感を味わっていた。

並木道を歩く田宮の右肩には、黒い旅行鞄のショルダーベルトが食い込んでいた。「イカめしの前田食品」のロゴがドーンと入ったこの鞄には、売り場で使う調理服や、ブースにかける暖簾《のれん》や幟《のぼり》、帽子や売上帳などが入っているほか、私服の着替えや歯ブラシ、ひげ剃り、バンドエイドや常備薬などの旅行グッズが一緒くたに詰め込まれている。

本音を言えば、かなりデザイン・センスの悪い鞄なのだが、これを持った四十人ほどの職人たちが全国を行脚すれば、それだけで無料のいい宣伝になると社長の訓示があったため、職人たちはみな渋々ながら使っているのだ。劇画タッチのイカの絵のまわりを、稲穂が丸く囲んでいるという、「イカめし」そのままのロゴマークが白抜きの判子みたいに描かれていて、それがやたらと田舎臭くて恥ずかしいのだが、そもそも素朴な田舎の味を売りにしているのだから、これもまた仕方がないような気もしている。

田宮は、ひとけのない静かな並木道をのんびりと歩きながら、もう一度、深呼吸をした。やっぱり、いい空気だ。今日は、少々無理をしてでも帰ってきてよかったと、素直に思う。

本当なら田宮は今夜、催事場の近くの静岡駅前のホテルに泊まり、明日の昼過ぎに帰宅する予定だったのだ。しかし、たまたま今日はブースの後片付けが早く終わったのと、疲労感もさほどなかったのとで、予約していたホテルをキャンセルして新幹線に飛び乗り、帰路についたのである。

思いがけない夫の帰宅に、三日間ひとりぼっちだった美和は驚いて目を丸くすることだろう。そして、すぐに、好物のロールケーキを見て、その目をにっこり細めるはずだ。美和が笑うと、目と口がちょうど頭上に浮かぶ三日月のようなカタチになる。何度見ても飽きない妻の笑顔を想像して、田宮はふっと自分も微笑んでしまった。

冷たく、鋭利な月の下、土の匂いのする夏の夜風が吹いた。

並木道の樹々たちが、さらさらと心地よい音を奏でる。

足元から立ちのぼる夏の虫たちの恋歌。

歩きながら田宮は、自分と美和との近い将来を思い描いた。きっと、あと二～三年もしたら、この並木道を家族三人で手をつないで歩いているのだろう。暖かい木漏れ日の歩道に、まだよちよち歩きの可愛い幼子を真ん中に据えて、その左右を田宮と美和が微笑みながら歩いている。子供が求めれば、両手を引き上げてブランコをしてやるのだ。

よし、今夜は子作りに励むか。

だらしなくニヤけそうになる顔をぐっと引き締めて、田宮は家路に向かう足を速めた。

並木道のゆるやかな坂を下り切ると、信号のない路地を左に折れた。そこから二十メートルほど歩けば、右側に我が家の玄関が見えてくる。

せっかくだから、庭の窓からいきなり「ただいま！」と言って、サプライズをより大きくしてやるか――。

田宮は門のなかに入ると、玄関のドアの前を素通りして、家の周りをぐるりと左回りに歩いた。そして、芝生を敷き詰めた小さな庭へと出た。レンガで区画した奥の花壇には美和の好きなハーブがいくつか植えてあり、それが夜気のなかに爽《さわ》やかな香りを放っていた。美和はときどきその葉っぱを摘んで、香り高いハーブティーをいれてくれる。

庭に面した掃き出し窓にはレースのカーテンがかかっていて、そこから蛍光灯の明かりが滲んでいた。その明かりが、小さな濡れ縁をぼんやりと浮かび上がらせている。濡れ縁でそっと靴を脱ごうとした田宮は、しかし、ハッとして動きを止めた。

レースのカーテンのなかに人影が見えたのだ。

人影は、小柄で華奢な美和のものではなかった。美和よりも、ひとまわりも、ふたまわりも大きな、男の背中だった。

田宮は脱ぎかけた靴をもう一度履くと、静かに庭木の陰に身を潜ませた。そして、じっと家のなかの様子を窺った。

暗闇のなか、心臓が自分のものではないように荒っぽく拍動して、喉の奥でどくどくと脈打った。じっとしていると、すぐに何匹もの蚊が寄ってきたが、いまはそれどころではなかった。

レースのカーテンの向こうの男がリビングの中央へ移動すると、蛍光灯の明かりを浴びて、その姿がはっきりと浮かび上がった。まだ二十代にも見える若い男だった。黄色っぽいTシャツにジーンズを穿き、少し長めの髪の毛には、ゆるくウェーブがかかっている。見たことのない顔だが、男はすっかりくつろいだ表情をしていた。

男が右手を振り向くと、視線の先から小柄な影が現れた。キッチンから美和が出てきたのだ。美和は手にしていたガラスの食器をテーブルの上に置くと、何やら愉しそうな顔で男に話しかけていた。すると男も笑みを浮かべながら、ゆっくりと美和に近づいていき、その両手を正面から美和の腰に回した。

え……。うそ、だろ……。

田宮が、ごくり、と唾液を飲み込んだ刹那、男は上半身をかがめて、顔を美和に近づけた。

「…………」

長いキスだった。

最近、田宮ですらしたことのないような、濃密で、情熱的なキスだ。

美和と一緒にホームセンターで選んだレースのカーテンの向こうで──田宮が必死に「イカめし」を売って、ぎりぎりのローンで建てたマイホームのなかで──見知らぬ男が美和を抱き寄せ、しつこく、しつこく、唇を吸っている。

怒りも、焦燥も、悲しみも感じていた。しかし、どういうわけだろう、それらの感情には、不思議と現実感がないような気もしていたのだ。もしも、このまま何喰わぬ顔で「ただいま」と言いながら掃き出し窓を開けたなら、その瞬間、男の像はふっと消えてしまいそうな、そんな気さえしていた。

しかし、いざそうしようと思っても、ガタガタと震えている膝が言うことを聞いてはくれなかった。心は現実を拒絶しても、身体はそれを受け入れて、正直に反応していたのだ。

せめて……。

せめて、美和は、抵抗してくれ——。

そう願ったのとほぼ同時に、美和の両腕がゆっくりと男の首に巻き付いていった。まるで、それが「いつものとおり」とでもいうような、とても自然な動作で。

たっぷりと互いの唇をむさぼり合ったあと、男はいったん美和から唇を離した。そして、着ていたTシャツをおもむろに脱ぎはじめた。露《あらわ》になった男の分厚い胸を、美和の両手が撫ではじめたとき、二人の映像がぐにゃりと歪んだ。

あれ……、と思ってまばたきをしたら、左右の頬に熱いしずくが伝っていた。

なんだ、俺、泣いてんのかよ。

馬鹿じゃねえの。

胸裡でつぶやいたら、ぼろぼろとしずくがこぼれだした。

ふぅ。ふぅ。ふぅ。

嗚咽《おえつ》をこらえるために何度も短く息を吐いた。

ふと夜空を見上げると、隣家の屋根の上に三日月が浮かんでいた。微笑んだときの美和の目と口のカタチをした月は、研ぎ澄まされた刃物のように鋭利で、ギラギラと冷たく光っていた。あの鋭利な月を右手に握って、男の眉間《みけん》にグサリと突き立てる——そんなイメージが脳裏に浮かんだが、それも一瞬のことだった。

今日はもう、この家には帰れない。

いや、もしかしたら、明日も、明後日《あさって》も……。

田宮は窓のなかの二人から視線を背けたまま、震える脚でそろそろと歩きはじめた。足音を立てないように心を砕きながら、家の脇をぐるりと周り、門を出て、駅に向かってもと来た道を戻っていく。

ややもするとよろけそうになる頼りない足取りで並木道を歩いていたら、いつの間にか濡れた頬も乾いていた。夏の夜空に浮かんだ冷たい三日月は、しつこく田宮の後を付いてくる。

駅の近くまで戻ってくると、コンビニのゴミ箱が目についた。そのなかにロールケーキを箱ごと放り込んだ。

ゴミ箱の脇から立ちのぼってくる鈴虫の哀歌に耳を傾けながら、田宮はお気に入りだった並木道を眺めた。見慣れたはずのその並木道は、なんだか作り物めいて見えた。

田宮は、ぼうっとした頭で考えた。

ええと……。

ここからいちばん近いビジネスホテルって、どの駅にあるんだっけ。

◇　◇　◇

目まぐるしかった一日の仕事を終えて、一人暮らしの安アパートに帰り着いた南原慎一は、フィルターぎりぎりまで吸った煙草を灰皿に押し付けると、小さなため息をもらした。

ふう……。

くたびれた。

座布団を二つに折って枕を作り、ごろんと畳の上に仰向けに寝転がる。六畳一間の狭い天井を見上げると、蛍光灯のカバーのなかに小さな蛾が迷い込んでいて、慌てふためいたように右往左往していた。

そんなに焦るなよ。

入れたんだから、いつかは出られるって――。

蛾を見ながら胸裡でつぶやいたら、それが、なんだか自分自身に向けた言葉のようにも思えてきて、肩のあたりにズンと疲労感が増した気がした。

「ふう、くたびれた」

今度は、小さく声に出した。

今日は朝から休む間もなく弁当を作り、そして売りまくった。目標の二千個には届かなかったが、なんとか千八百個を売りさばくことができたから、悪くはない。口べたで無愛想で不器用なうえに、長年の日焼けでチョコレート色になった強面《こわもて》――そんな自分にしては、まずまずの売上げだった。この数字なら、口うるさい支社長にブツブツ嫌みを言われることもないだろう。そう思うと、ほんの少しだけホッとして、またため息がもれてしまう。

ついさっきまで右肩に食い込んでいた黒い大きな旅行鞄が、テレビの横にデンと置かれている。商売道具がぎっしり詰まった鞄だが、これがつくづく趣味の悪いデザインだった。なにしろ側面には劇画タッチのリアルなイカの絵と、それをぐるりと囲むような稲穂が描かれているのだ。しかも、臆面《おくめん》もなくデカデカと。

南原は寝転がったままテレビのリモコンを手にして、スイッチを入れた。家電量販店でいちばん廉価だった韓国製の液晶画面に、アイドル顔をした女性ニュースキャスターが映し出される。ちょうど民放でニュースがはじまったところだった。

どうせ、ろくなニュースはないだろう――。

そう思ってチャンネルを変えようとした刹那、ニュースキャスターが番組の冒頭の挨拶《あいさつ》とともに、今日の日付を告げた。

《八月二十五日、今日の主なニュースはこちらです》

ん？

そこではじめて南原は気づいた。

今日が、自分の五十三回目の誕生日であったことを。

「五十三……。もう、七年、か……」

感慨深げにつぶやきながら視線を右にずらすと、少し錆《さび》の浮いたカーテンレールが目に入った。そのカーテンレールの右端には、漁師がイカの一本釣りに使う疑似餌《ぎじえ》、通称「イカヅノ」が逆さに引っ掛けてある。

イカヅノを見て、右の眉をぽりぽりと爪で掻《か》いた。

南原の右の眉の真ん中あたりには、若い頃に作った傷痕《きずあと》があり、そこだけ眉毛が生えていなかった。その右の眉が南原の人相をいっそう悪くしていて、「イカめし」の売上げ減につながっているのではないか――と、自分でも思っている。そして、その傷は、大人になったいまでも時々痒《かゆ》くなることがあるのだ。

南原が寄る辺《べ》ない一人暮らしをはじめてから、いつしか七年が経っていた。その間に、仕事を二度変え、引っ越しも二回した。あらためて考えてみると、現在の「イカめし」の実演販売の仕事がいちばん長く続いていて、すでに四年目に入っている。自分には絶対に向いていないと思っていたこの仕事が、まさか、いちばん長くなるとは……。人生、何がどう転ぶかわかったものではない。

四十七歳からの、ひとりぼっちの七年間は、思い返すと、やたらと長かったようでもあり、ほんの一瞬だったような気もする。正直、この間は、あまりにも色々なことがあり過ぎた。だから、時々、南原は思うのだ。もしかすると、自分は他人の二倍の人生を生きてしまったのではないか、と。そういうときは、たいてい強烈な疲労感に襲われて、ぐったりしてしまい、自分の存在そのものに飽き飽きして、平均寿命までの残り二十〜三十年を愁えてしまう。自殺願望、という言葉に、とても近い感情を抱いてしまうのだ。

蛍光灯のカバーのなかに迷い込んだ蛾は、相変わらずバタバタと無意味に羽を動かしていた。固いプラスチックと熱いガラスの蛍光管に、何度も、何度も、体当たりしている。

やっぱり、抜け出せないかもな、おまえ——。

上半身を起こして、二本目の煙草に火を点《つ》けた。

禁煙を勧めてくれる人間が、まわりに一人もいないことを思うと、紫煙が少しばかり舌にざらついて感じられる。

とりあえず、誕生日を知らせてくれたニュースキャスターに小さな敬意を表して、チャンネルは変えず、リモコンを卓袱台《ちゃぶだい》の上に置いた。

《夏休みに入ってから、東北地方を中心に車上荒らしが頻発しています。その手口として非常に多くなっているのは、ライターと水だけでガラス窓に穴を空ける、「焼き破り」と呼ばれる手法で、その発生件数は今年に入ってから――》

可愛い顔をしたキャスターが、わざとらしくまじめな顔を作り、どうでもいいニュースをしゃべり続けている。

車上荒らしなんてしてねえで、ちゃんと働けよ――。

胸の内でぼやきながら、おもむろに立ち上がると、台所の小さな冷蔵庫から缶ビールを一本取り出した。

と、そのとき、居間のレースのカーテンが、はらりと大きく揺れた。

湿った夏の夜の南風が、部屋に吹き込んできたのだ。

東京湾からほど近いせいか、その風には潮の香りがたっぷり溶け込んでいた。

海、か……。

南原は潮の香りを深く肺の隅々にまで吸い込んで、そっと目を閉じた。

やがて、ふぅ、と息を吐いて目を開けると、手にしていた缶ビールを冷蔵庫に戻し、代わりにコーラの缶を取り出した。

台所で立ったままコーラのプルトップを引き、ごくごくと喉を鳴らした。三五〇ミリリットルの缶は、あっという間に空になった。

「さて、と——」

つぶやいて南原は居間に戻ると、イカの絵が描かれた鞄のなかから財布を取り出し、コットンパンツのヒップポケットに突っ込んだ。ガラス窓を閉めて施錠し、そのまま足早に部屋を出る。

去年買ったばかりの中古の軽自動車は、アパートから歩いて二分の月極駐車場に停めてある。その車で、近くの銀行へと向かった。時刻はまだ午後八時だ。平日のキャッシュ・ディスペンサーは午後十一時までは使えるはずだった。

銀行に着くと、南原は今月の給料が振り込まれていることを確認し、生活費の十万円を引き出した。さらに預金残高から五万円を別の口座に振り込む。この振込先の口座番号は、すでに記憶している。毎月、欠かさず振り込んでいるのだ。

車に戻ると、近くの港に向かってアクセルを踏んだ。

途中、全国チェーンの釣具屋で、餌のアオイソメを買う。

十五分ほど走って夜の港に降り立つと、南原は潮の香りに包まれた。都会の海らしく、少しヘドロ臭さが混じってはいるが、それでも海の匂いというのは悪くない。

ふと夜空を見上げると、細い三日月が浮かんでいた。研ぎ澄まされた刃物のように、ギラリと鋭く光っている。

南風のせいか、海面には普段よりも少し波っけがあった。揺れる足元の黒い海水がコンクリートの岸壁にあたり、たぷん、たぷん、と甘い水音を立てている。

南原は車のハッチバックを開けて、仕掛けとリールを付けたままの釣り竿《ざお》を手にした。そして、外灯と街明かりをひらひらと映した黒い水面を眺めながら、防波堤の先端まで歩いていった。

都会の海では、ヘッドランプがなくても夜釣りができる。深夜になっても空はぼんやりと薄明るいし、過剰と思えるほどの外灯の明かりが朝まで点きっ放しなのだ。便利といえば便利だが、南原にとっては「風情がない」という想いの方が大きい。本来、夜の海は、もっと暗くて怖いものなのだ。

南原の生まれ故郷の小さな漁師町には、あるべき夜の海があった。穏やかな内湾のさらに奥にある静かなその港は、日が暮れると同時に、ぞっとするほど怖い闇に覆い尽くされ、漆黒の海には得体の知れない生き物たちの存在感が満ち満ちていたものだ。防波堤の先端には小さな赤灯台が建っていたが、回転する明かりは足元を照らしてくれるわけもなく、だから防波堤の上は、ほとんど目を閉じたのと同じような暗闇に包まれていた。明かりといえば、夜空にぽっかりと浮かんだ月か、ずっと沖合いに点々と浮かぶ漁り火《いさりび》なのだ。

南原の父親は、イカやトビウオを獲る漁師だった。それゆえ少年時代の南原は、真っ暗な港で友人たちと夜釣りをしながら、遠い漁り火を特別な想いを持って眺めていた。一列に並んで浮かぶ銀色の明かり——そのどれかが父の船の集魚灯で、数時間後、きっと父はどっさりと獲物を釣って帰ってくる。そんな期待感を胸に、深夜まで夜釣りを愉しんでいたものだった。

漁り火が、港から何キロも離れた沖合いの光であることくらいは、少年時代の南原でも知っていた。しかし、自分の足元から広がっている海の上に父がいてくれると思うと、それだけで黒い海に感じる恐怖が薄れてくる気がしたものだった。

遠く離れていても、あそこに父がいる。

だから、大丈夫——。

なんの根拠もないが、確かに感じていたあの不思議な安堵《あんど》感は、いまでもリアルに南原の胸の奥に息づいているのだった。

「父親、か……」

つぶやいた言葉が、潮の匂いの夜気に吸い込まれて消える。

防波堤の先端に着くと、南原は畳んでいた釣り竿を延ばし、仕掛けの釣り針にアオイソメを二匹つけた。緑色に光る電気浮きのスイッチをいれ、釣り竿をひょいと振る。光る浮きが緑色の残像を描きながら夜空に弧を描き、そのまま黒い海原へぽちゃんと落ちた。

海は、ちょうど満潮を過ぎた頃合いだった。このポイントは、満潮を過ぎると潮の流れが変わり、西から流れてくる潮が防波堤の先端に当たるようになる。すると、ゆるやかな右向きの渦が生まれ、そこから沖へと向かう潮流が発生する。南原は仕掛けをその流れに乗せていた。

ほどなく、緑色に光る電気浮きがキュンと水中に沈んだ。

素早く竿を立てると、ずっしりと魚の手応《てごた》えを感じた。

竿が手元からぐいっとしなり、頭上に輝く三日月と同じような弧を描く。

なかなか型のよさそうな、スズキの引きだった。

スズキは冬に産卵する魚だから、その前後は身が痩せていて、食べてもさほど美味くない。しかし、いまは夏。スズキの旬だ。

「早く上がってこいよ……」

さっとさばいて、洗いにして喰ってやるからな。帰りに冷酒でも買って帰るか——。

南原は、熟練の竿さばきで魚をぐいぐいと引き寄せた。

どこか遠くで、貨物船の汽笛が響き渡る。

足元の水面に、ギラリとスズキの銀鱗が閃いた。

◇　◇　◇

長崎県平戸市の西のはずれにある薄香《うすか》漁港は、蒸し暑い夜気に包まれていた。

連日の熱帯夜も今日でちょうど一週間になる。

漁港の西側から延びる防波堤は、先端にこぢんまりとした赤灯台を載せていた。その灯台の下に、釣り竿を手にした青年が立っている。大浦卓也――つい先月、二十八歳の誕生日を迎えたばかりの若い漁師だ。白いタンクトップに、だぼだぼの短パン。顔も身体もよく陽《ひ》に焼け、長身痩軀《そうく》だが、その全身には肉体労働者特有の、しなやかで強靭《きょうじん》なバネのような筋肉がついていた。右手には使い込まれた釣り竿。額に付けたヘッドランプは、電池が切れかかっているようで、少し弱々しい光を発している。

「ふわぁぁぁ」

大きなあくびをした卓也の竿には、この夜、まだ一度も魚信《あたり》がなかった。ただ、じっと黒い水面に揺れる電気浮きを、あくびの涙で潤ませた目で眺め続けている。

昼間はラムネ瓶のように透明なこの海も、夜になると墨を流したように真っ黒になり、何か得体の知れない生き物が泳いでいそうな、そんな怖さを感じさせる。沖合いでヤリイカの夜釣りをしていても、こうして防波堤で遊びの釣りをしていても、夜の海というのは、どことなく怖いものだ。

今夜は少しばかり風があった。そのぶん波っけもあるようで、黒い海水が岸壁にぶつかり、たぷん、たぷん、と甘い音を立てている。この音は、薄香のような質素で閑寂とした小さな漁師町の夜にこそよく似合う——卓也はいつもそう思っている。

ヘッドランプの明かりで腕時計を見た。

時刻は午後八時過ぎ。

すでに満潮の時刻は過ぎていた。間もなく右手から流れてくる潮が防波堤の先端に当たって右向きの渦を生じさせるだろう。そして、その渦の先から沖へと出していく潮流に仕掛けを乗せれば、いつも釣果の上がるポイントに到達するはずだった。

「奈緒子、そんなとこに仕掛けを投げても、釣れねえぞ」

卓也は、隣で釣り竿を手にする濱崎奈緒子に声をかけた。

「そう？　さっき、その辺でライズがあったから」

ライズとは、魚が水面から跳ねることを意味する釣り用語だ。

「ライズがあった？」

「うん」

「スズキ？」

「多分ね」

スズキが小魚を捕食しようとして跳ねたとすれば、釣れる確率は高くなる。とはいえ、いつものポイントの方が有望だろう。少年時代からずっとこの港で釣りをしているのだ。それくらいはわかる。

「灯台の下から外に出す流れがあるけん、そこを流してみろよ」

「うん。わかった」

素直に返事をした奈緒子は、いったんリールを巻いて仕掛けを回収した。そして、卓也の言葉どおりのポイントに、ひょいと慣れた手つきで仕掛けを投入する。緑色に光る雷気浮きがゆらゆらと揺れながら、少しずつ沖へと移動していく。それに合わせて、リールから釣り糸を出していく。

奈緒子は防波堤の先端から脚を投げ出すようにして座った。

卓也もその隣に腰をおろして、自分の仕掛けを投入した。

「卓ちゃん、わたしの仕掛けと絡ませないでよ」

「アホ。そんな下手くそじゃねえ」

ふふっ、と奈緒子が小さく笑う。

物心ついた頃からずっと「幼なじみ」だった同い年の奈緒子を必死に口説き続けて、やっとのことで「恋人」へと昇格したのは二年前のことだった。そして、そこからさらに「婚約者」の座へと登り詰めたのが、つい先月のことだ。

震える唇で奈緒子に告白をしたのもこの防波堤で、わざとぶっきらぼうな口調でプロポーズをしたのも、ここだった。自分たち二人は薄香という小さな漁師町で生まれ育ち、その町の赤灯台の下で告白とプロポーズをし、そして、この町の片隅で、どちらかが死ぬまで一緒に暮らしていくのだ。

二人がつかみとれるのは、ごくありふれた小さな幸せだけかも知れない。それでも、とにかく自分は精一杯のことをして、どちらかが死ぬときに「卓ちゃんと結婚してよかった」と言わせてみせる——卓也の胸裡には、そんな決意がある。奈緒子によく「単純」と称される頭のなかには、しかし、年老いてよぼよぼになっても仲良く笑い合っている夫婦のイメージだけはしっかりと出来上がっているのだ。

「ねえ卓ちゃん、今日の三日月、なんか刃物みたい」

「ん？」

卓也は空を見上げた。頭上には、ぼんやりと白い天の川が渡り、そのほとりに、皓々《こうこう》と光る三日月が浮かんでいた。

「ホントだな。やけに冷たそうな銀色だ」

キーンと音が鳴りそうなほど、それは研ぎ澄まされた三日月だった。

「あ、きた」ふいに奈緒子が言って、同時にヒュンと竿を立てた。「のったよ」

手元からしなる竿をギュッと絞り上げながら卓也を振り返って、奈緒子は笑った。笑ったけれど、でも、その笑顔には卓也の大好きだったえくぼはなかった。

「どう？　大きい？」

「うーん、まあまあ……、かな」

奈緒子は、漁師顔負けの落ち着いた手さばきで、あっという間に良型のメバルを釣り上げた。

「ほら」

「お、デカいな」

「メバルにしてはね。これならお店で出せる」

嬉しそうに目を細めると、漁師が競りで使う発泡スチロールのトロ箱にメバルを放り込んだ。そして、ぴちぴち跳ねる魚を押さえ込むようにフタを閉めた。トロ箱のなかには海水を凍らせた砕氷がびっしりと入っている。できるだけ鮮度のいいまま保存して、明日、店で出したいのだ。

奈緒子の家は、薄香で唯一の食堂だった。

実家の一階に小さな店を構え、二階で母親の多恵子と二人で暮らしている。店を切り盛りするのも母娘《おやこ》二人だけだ。

店の名は、苗字をそのままとって「濱崎食堂」。うどんも、カレーも、親子丼も出すが、メインはやはり新鮮な魚料理だ。卓也はいつも漁に出たついでに一本釣りでちょいちょいと魚を釣っては、奈緒子の店にただで提供していた。代金をもらわない代わりに、いつでも美味い飯を喰わせてもらえるという契約なのだ。もちろん、契約書など交わしてはいないが。

一方、卓也の実家は代々漁師の家系で、船は祖父の吾郎のものだった。吾郎はいってみれば漁労長であり、孫の卓也は吾郎から給料をもらう身分だ。

穏やかで口数が少なく、気のいい農夫のような気質の祖父を、卓也は「じっちゃん」と呼んで幼い頃から懐いていた。じっちゃんは今年で七十八歳。短い白髪もだいぶ薄くなり、頭皮に浮いた染みがやたらと目立つようになってきた。身体もひとまわり小さくなって、ここ数ヶ月は宿痾《しゅくあ》の腰痛の具合もあまりよくなさそうだった。もしかすると、そろそろ引退してしまうかも知れない。

冬のスルメイカも、春から夏にかけてのヤリイカも、秋のアゴ（トビウオ）も、年末のカツオも、すでに卓也は一人できっちり水揚げできるだけの経験を積んでいた。しかし、じっちゃんと一緒に船に乗れなくなる日のことを憶《おも》うと、淋《さび》しさで胸の奥が鈍く痛みだしてしまう。

本当なら、じっちゃんが船を降りたら「父ちゃん」「母ちゃん」と乗るはずだった。だが、卓也の両親は七年前、荒れた海に強引に出漁して、そのまま帰らぬ人となっていた。

しかも、同じ年に奈緒子の父もまた遭難し、海の一部となっていたのだった。奈緒子の笑顔からえくぼが消えたのは、父親が遭難した、まさにその日からだった。

以来、奈緒子を見る卓也の目は変わった。奈緒子もきっと同じだったろう。心のどこかで卓也と奈緒子は、家族を海に奪われた「似た者同士」という想いを抱いていて、だから、付き合いはじめる前から「見えない手」をお互いに握り合っているような、そんな不思議な「つながり感」を抱いていたのだった。

毎年、それぞれの親の命日になると、卓也と奈緒子はじっちゃんの船で沖へ出て、献花と合掌を繰り返してきた。二人にとって、この静かで美しい海は、魚場であると同時に、墓場でもあるのだ。

ふわっと夏の生暖かい夜風が吹いた。

黒い海水が、たぷん、たぷん、と甘い音を立てる。

ヘッドランプの明かりに浮かびあがる奈緒子の横顔に、さらりと黒髪がかかった。

この顔に、また、あのえくぼを浮かばせられたら……と、卓也はいつも憶う。

風がおさまると、奈緒子は手櫛《てぐし》で黒髪を整えた。

シャンプーの匂いがふんわりと香って、卓也の鼻をくすぐった。

えくぼは、俺が、絶対に――。

「奈緒子」

「ん？」

振り向いた奈緒子を見て、卓也はヘッドランプの明かりを消した。キスをする合図だった。

真っ暗になった防波堤の先端で、卓也は尻の位置を少しずらし、奈緒子にぴたりと寄り添って座った。

「俺な……」

「ん？」

「結婚したら、奈緒子をたくさん笑わせてやるけん」

「どうしたの、急に？」

答えず、奈緒子の肩をそっと抱き寄せた。
ノースリーブから出ていた細い肩は、少しひんやりとしていた。
奈緒子の顎《あご》に手をそえて、引き寄せる。
怖いような暗闇のなか、卓也は甘く張りのある唇を味わった。

第二章　受け取れない手紙

朝食の味噌汁の最初のひとくちを啜《すす》ったとき、私は思わず箸《はし》を止めてしまった。

お椀のなかを、じっと見詰める。

ずいぶんと薄いな、味……。

どうやら私は、具材を入れた分だけ味が薄まる——という、そんな単純な計算をし忘れたまま、味噌を溶いてしまったらしい。わざわざアゴ（トビウオ）と昆布で出汁《だし》をひいてみたのに、いまいち味が決まらない。

結婚をしてから十五年、妻の洋子に食事の支度を任せきりだったツケがいま、一気にまわってきたようだ。

たかが味噌汁なのに……。

うっすらと湯気の立ちのぼる薄い味噌汁を眺め下ろし、小さなため息をこぼした。

お椀を手にしたまま椅子から立ち上がると、私はふたたび台所に立った。

コンロの上の鍋《なべ》に、いったんお椀の中身を戻す。そして、洋子がいつも使っていた田舎味噌を、たっぷり大さじ一杯分すくい取り、それを菜箸で丁寧に汁のなかに溶いていった。さらに台所の小さな引き出しを片っ端から開けて、粉末の出汁の素を探し出し、パラパラと適当に加えてよくかき混ぜてみる。

火加減は中火。再沸騰した味噌汁がぐつぐつと音を立て、半透明になった玉葱《たまねぎ》とワカメがその汁のなかで踊っている。

見た目も、匂いも、美味そうだった。

お玉で汁をすくって、味見をしてみる。

うん――。

今度こそ、なんとかまともな味噌汁になっていて、少しホッとした。だが、ホッとしたのと同時に、私はあることに気づいて、鍋のなかを見詰めたまま呆然としてしまった。

知らぬ間に、夫婦二人でちょうどいい分量を作っていたのだ。

「まあ、夜の分まで、充分にあるな……」

気を取り直すために、あえて声に出してつぶやいてみた。

静かに居間を振り返ると、簞笥《たんす》の上に置かれた洋子の遺影が私を見返していた。洋子は、少しまぶしそうに細めた目で、こんなふうにつぶやいている気がする。

ふふ。あなたらしいわね——。

洋子との永遠の別れは、ほんのつい先週のことで、一連の葬儀を終えてから丸二日しか経っていなかった。だから、私たち夫婦がともに暮らしたこの富山刑務所・職員官舎の二〇二号室には、まだ線香の香りが漂っている。

洋子を死なせたのは、悪性リンパ腫という名の癌だった。

ただの疲労よ。わたしもいい歳《とし》だしね——。

二ヶ月もの間ずっと具合の悪そうだった洋子に、病院での検査を勧めると、いつもそんな台詞ではぐらかされていた。それでも、何度もしつこく検査を勧め、ようやく重い腰を上げてくれたと思ったら、信じられない——いや、信じたくない検査結果が出たのだった。そのとき、洋子に巣食っていた癌はすでにⅣ期に入っていた。つまり、末期癌。腋《わき》の下、脚の付け根、鎖骨の上のリンパ節に、それぞれビー玉ほどの悪性腫瘍ができ、その癌がリンパ管を通じて一気に全身にまわり、複数の臓器に転移していたのだ。

余命は、保《も》って半年です——。

若くて頼りなさそうな女医がきっぱりと宣告したとおり、それから洋子はみるみる衰弱していった。抗がん剤で頭髪は抜け落ち、放射線治療で身体はボロボロになり、最後は土気色の枯れ枝のようになった手で、私の手を力なく握ったまま呼吸を止めた。

　享年五十三歳――。

　私が六十三歳で男やもめになったのも世間と比べれば早い方だろうが、それよりも洋子の死はあまりにも早すぎた。女性の平均年齢に三十年も足りていないのだ。

　正直、私たち夫婦にとって、その別れは、出会い頭の交通事故のように唐突すぎる出来事だった。少なくとも私は余命宣告からたったの半年では、心の準備などできやしなかった。

　死の瞬間もまた、いきなりやってきた。

　いつものように仕事を終えて病院に向かい、眠っている妻の手をそっと握っていたら、ふいに洋子が息を止め、それから周囲がばたばたしはじめ……。

　気づけば葬儀を終えていた……そんな感じだ。

　葬儀の手配やら喪主としての役割を、本当にこの自分がこなしたのか――いまになっても現実感が稀薄なほどだ。

　洋子は、どうだったのだろう？

　心の準備は、できていたのだろうか？

　思い返すと、病院のベッドの上にいた洋子はいつも、どこか超然と微笑んでいたような気がする。現実を受け入れられず、あたふたする私とは違って、癌治療の痛苦に耐え忍びながらも、その裏ではきっちりと心のなかを整理し続けていたのかも知れない。

あの若い女医から、はじめて洋子の癌についての説明を受けた夜、私はその内容を嘘偽りなく洋子に話して聞かせた。余命宣告も含めて、すべて、まるごとだ。果たして、それがいいことだったのか、そうでなかったのかは、いまの私にはわからない。ただ、生前の洋子は、何度も私にこう言っていたのだ。

「わたしがもしも病気になって、余命宣告をされたりしたら、絶対に隠さないで教えてくださいね。本当のことを知らないまま逝っちゃうと、色々と心残りになると思うから」

この考えには私も賛同していたし、逆の立場でも同じように告知してもらう約束になっていた。だが、まさか本当に余命宣告などという物騒なモノが、私たち二人の平穏な生活のなかに入り込んでくるとは、正直、思いもよらなかった。

余命宣告は、物騒なうえに傍若無人だった。ノックもせずにこの家に入り込んできたと思ったら、その日から堂々と生活の中心に居座ったのだ。それ以来、私と洋子はいつも「余命」という名の磨り減っていく時間の流れそのものに恫喝《どうかつ》され、支配されながら、この半年を過ごすはめになったのだった。一日一日がひどく重たく、短く、濃密で、そして儚かった。美しい季節の移ろいを目にしても、手放しには感動できず、むしろそれを「脅し」にすら感じていた。桜が散った、クチナシの甘い匂いがした、紫陽花《あじさい》が咲いた、稲穂が実った、アブラゼミが鳴いた――それらはすべて、美しい棘だったのだ。棘は容赦なく私たちの心に刺さり、じくじくと血を流させた。

ぼうっとした頭で、とりとめのないことを考えていたら、いつの間にか質素な朝食を食べ終えていた。私は食材の味を少しも味わっていなかったことに気づいて、小さな罪悪を感じつつ箸を置いた。洋子はよく言っていたのだ。「食事って、たくさんの生き物から命をいただいているんだから、ちゃんと味わわないと可哀想よ」と。

「ごちそうさま……」

本当なら洋子が座っているはずの正面の席に向かって、かすれた声でつぶやき、一人分の食器を片付けた。

それからテレビのニュースを眺めながら、お茶を飲みはじめた。時刻はまだ午前六時だ。出勤時間は七時だが、この職員官舎から隣の富山刑務所に出勤するのには五分とかからない。

手持ち無沙汰《ぶさた》になって、制服のアイロンをかけはじめた。これは洋子と結婚してからも自分でやり続けた数少ない家事のひとつだけに、手際よくこなすことができる。しかし、手際がいいせいで、あっという間にシャツとズボンをパリッと仕上げてしまった。

ふたたび時間が余る。

次は、何をしようか……。

考えながらアイロンのスイッチを切ると、背後から季節はずれの音色が響いた。

凜。

窓辺に吊るしたままの風鈴だった。

ほら、可愛らしいデザインでしょう——そう言って数年前に洋子が買ってきた、少し珍しい形をした風鈴だった。いわゆる普通の釣り鐘形ではなく、ホタルブクロの花を逆さにしたように、縁に五つの山があるのだ。

凜、凜。

心の内側にすうっと浸透してくるような澄み切った音色が、秋風を連れて部屋に流れ込んでくる。その音と風は、鬱々として重苦しかった私の気分を少しばかり浄化してくれるような気がした。しかし、同時に、この音色を聞いたときの洋子の嬉しそうな微笑を思い出して、胸が鈍く痛みだす。

凜。

九月の風が、レースのカーテンをふわりと揺らす。

ぬくもりのある刃で心を斬《き》られるような風鈴の音色に耳を傾けていると、ふっと仏具の「鈴《りん》」の音を思い出し、私は箪笥の上の洋子の位牌《いはい》に線香をたむけた。位牌の隣には骨壺が置かれ、その奥の壁に遺影が立てかけてある。

そっと両手を合わせて、目を閉じた。

凛。

もう一度、風鈴が鳴った。

その音色が引き金になって、ふいに目頭が熱くなったが、私は「ふうぅ」と湿った長い息を吐いて、涙をこらえた。

まだしばらくは——、洋子を失ったことを認めたくはない。

だから私は、泣かない。

もちろん、私のなかの「理性」は洋子の死を認知している。しかし、「感情」の方がまるで追いついていないのだ。私の「心」はまだ永遠の別れをきっぱりと拒んでいるし、枯れ枝のようだった洋子の手を握りしめたままでいる。

もしも私が涙を流したら……そのときはきっと、私の「感情」も洋子との永遠の別れを受け入れたときなのだろう。

なんとなくだが、そんな気がしている。

◇　◇　◇

六時四十分になると、私は制服に着替えた。水色のシャツに紺色のズボンとキャップ。左胸のポケットには刑務官手帳を入れ、履き込んだ安全靴に足を突っ込んで部屋を出た。

官舎の外に一歩踏み出した刹那、私は思わず目を細めた。すでに九月も後半だというのに、朝日が真夏のようにギラついてまぶしかったのだ。どこか遠くでツクツクボウシの声が響いていた。たった一匹だけの、物憂げな恋歌だ。

職員官舎は三階建ての団地のような建物で、ＡＢＣの三棟が並んで建っている。私は、自分の部屋のあるＡ棟と隣のＢ棟の間のアスファルトの通路を大股で歩いた。アイロンでパリッとした制服を着ていると、自然と背筋が伸びてくれるのがいい。

官舎の敷地を出るとすぐに刑務所の事務棟があり、そのなかの職員専用の通路を抜けると、その先は、いよいよクリーム色の高い塀のなかだ。これまで四十年間も勤めてきたが、塀のなか独特の剣呑《けんのん》さを含んだ空気に完全に慣れ切ってしまうことはない。いつかなるときでも、ひりひりとした緊張感がうなじの産毛に触れているような気がするのだ。

「おはようございます」

警備にあたっている顔なじみの刑務官たちとすれ違うと、彼らは美しい敬礼をしてくれる。私も小さな笑顔でそれに応える。

ここ富山刑務所に勤める「刑務官」は、総勢百三十五名。その他に、私の属する「作業技官」が六名いるのだが、唯一、私だけが定年退職後に嘱託として再任用してもらっている身だった。つまり、この刑務所のなかでは私が最高齢ということになる。ただし、年齢が上であっても、作業技官の位置する階級は、刑務官でいうところのほぼ真ん中あたり（副看守長クラス）と決まっているから、決して「偉い」というわけではなく、また、それ以上に出世をすることもない。ましてや私のような嘱託になると、給与などの待遇も大幅に下がってしまうのが実情だ。

作業技官とは、正式には作業専門官、もしくは法務技官と呼ばれる職種で、受刑者が木工、金属加工、印刷、洋裁、農作業などの刑務作業を行う際に、それぞれの専門的な技術指導をする人間のことをいう。

私は木工の担当で、とりわけ神輿《みこし》作りの技術と経験を買われて、嘱託として残してもらえることになったのだった。ここ富山刑務所の木工工場には、刑務作業としては珍しい神輿作りの伝統があり、これまでに全国の神社、町内会、自治会などへ約五千基もの神輿を納めた実績があるのだ。

工場に入る前に、私はいつものように事務棟のロッカールームに入った。「作業技官・倉島英二」と書かれた個人ロッカーを開け、なかから紐《ひも》付きの鍵束を取り出す。その紐の一端を腰の革ベルトにしっかりとつなぎ、鍵束自体はまとめてズボンのポケットに押し込んでおく。携帯電話や財布、結婚指輪など、仕事をするうえで不要なものは、すべてこのロッカーのなかに入れておかなければならない。これは刑務所で働く者すべてに適用される規則だ。

「あれ、倉島さん」

カチャリ、とロッカーの鍵を閉めたとき、背中に声をかけられた。振り向くと、総務部長の塚本和夫のえびす顔があった。

「忌引休暇だってのに、何をしてるんです？」

普段はにこやかな塚本だが、さすがに今朝は笑ってはいなかった。むしろ眉毛を八の字にして、怪訝《けげん》そうな顔をしている。

「ああ、おはようございます。ちょっと、暇だったもんで」

「暇って……」

「一人で部屋にいるより、働いていた方が気が紛れるかと思って。休暇中に工場に出たら、まずいですか？」

「いや、倉島さんがいいなら、こっちはむしろ助かりますけど」

「じゃあ、許可をお願いします」

塚本は、やれやれ、といった風情の小さな笑みを浮かべて「わかりました。許可しますよ」と温和な声を出すと、ぽんぽんと私の背中を叩いた。そして「近々、一杯飲《や》りましょう」と言い残して立ち去った。

「ありがとうございます」

私は制帽をとって、塚本の丸々とした肉付きのいい背中に頭を下げた。

塚本の現在の階級は矯正副長で、この刑務所では矯正長に次ぐ、実質ナンバー2の刑務官ということになる。

はじめて塚本と出会ったのは、私が札幌刑務所に勤めていた頃のことで、もう三十年も前のことだ。年齢は私より八つ下で、出会った当時は、作業技官である私と同じクラスの副看守長だった。

どちらかといえば内向的で無口な私と、社交的でおしゃべりな塚本とは、磁石のＳ極とＮ極のように相性がいいようで、仕事を終えるとよく飲みに繰り出す仲だった。少なくとも、私にとっては「歳の離れた親友」と言いたくなる同僚だったのだが、いわゆるキャリア組の塚本は、その後、日本各地へ転勤を重ねながらみるみる出世をしていき、三十年振りにここ富山刑務所で同僚になったときには、すでに雲の上の上司になっていた。

だからここでは、互いに二つの顔を使い分けた付き合いをしている。刑務所内では塚本の階級を重んじて私は敬語を使うが、一歩塀の外に出れば、昔のような気の置けない友人として、親しくさせてもらっているのだ。

塚本の妻の久美子さんと洋子は、もしかすると、私と塚本よりも仲が良かったかも知れない。二人はたまたま同い年で、昔からの同級生のように愉しげに付き合っていたのだ。だから洋子の葬儀で誰よりもハンカチを濡らしてくれたのは、他ならぬ久美子さんだった。

塚本が出ていくと、ロッカールームに静寂が戻った。

私は手にしていた制帽をかぶり直し、神輿作りに使われる第四工場へと続く廊下を歩きだした。

◇　◇　◇

受刑者たちの作業開始時刻よりも少し早めに、私は第四工場に入った。誰もいない広々とした空間はしんと静かで、空気には香ばしい木材の匂いが溶け込んでいた。

昔から、この木材の匂いが好きだった。

嗅《か》ぐと、なぜか気持ちが穏やかになるのだ。

私はすうっと胸一杯に鼻から工場の空気を吸い込んだ。そして、ホッとしたときのため息のように、ほわっとその息を吐いた。

工場の左手の窓からは清々しい朝日が差し込んで、浮遊する無数の埃《ほこり》をきらきら光らせていた。私はその光のなかをゆっくりと歩きだした。静謐《せいひつ》の工場に、安全靴のかかとの音がこつこつと響き渡る。

私の歩く通路の左右には作業台が連なっていて、木工に使う様々な電動工具が並べられている。

いちばん奥の左側の作業台の前で、私は足を止めた。

そこには作りかけの神輿の部品がずらりと置かれていた。屋根、社《やしろ》、枡組、鳥居、担ぎ棒……。受刑者たちの気持ちが込められたこの精緻な部品たちもまた、新鮮なレモン色の朝日を浴びて気持ちよさそうに見えた。

私は、それらの部品をひとつひとつ丁寧にチェックしていった。葬儀のために休んでいた数日間で、作業がどこまで進行したかを確認し、そのうえで今日一日の作業内容を決めておきたかったのだ。

屋根、枡組、担ぎ棒は、塗装も終わり、すぐにでも組み立てに入れそうだったが、それ以外の部品はあまり進捗《しんちょく》してはいなかった。つまり、神輿作りの経験の浅い受刑者たちは、私がいないせいで、あまり手を動かせなかったのだ。それでも単純作業でこなせるところはきちんとこなしてあったから、彼らの労働意欲は充分に感じられた。作業技官としては喜ばしいことだ。

現在、富山刑務所で木工の刑務作業に就いている受刑者数は三十五名。そのうち十名が神輿作りの担当となっている。神輿は、注文を受けてから完成までに最低でも三ヶ月はかかるうえに、時間をかけて特殊な技術を習得しなければならないため、基本的には刑期の長い受刑者が担当とされる。もちろん、刑期が長いということは、その受刑者が凶悪な犯罪者であることを意味するから、その分だけ私も指導の際には細心の注意を払わなければならない。しかし、これまでの経験では、刑期が長い者ほど、少しでも出所を早めようと、まじめに作業をするから、むしろ模範生であることが多いのも事実だ。

おもしろいのは、たった一度でも神輿の完成の喜びを味わった受刑者は、たいてい次から目の色を変えて制作に取り組むことだった。数ヶ月ものあいだ神経をすり減らす細かい作業を繰り返し、努力に努力を重ねた結果——誰が見ても、美しく、神々《こうごう》しく、きらびやかな神輿が完成するのだ。それはきっと、彼らにとっては、自分で自分を褒めてやりたい瞬間に違いない。当然、私も頑張った彼らの肩を叩いて、存分に褒めてやることにしている。

さらに私と洋子は、その神輿が実際の祭りで担がれている様子を見に行っては、生き生きした写真を洋子に撮影してもらっていた。そして、その写真をプリントして、受刑者たちに見せてやるのだ。洋子の撮った写真を手にした彼らは、たいてい照れ臭そうに目を細めながらも、ともに神輿を作った仲間たちと笑い合うのだった。

もしかすると私は、そんな彼らの顔が見たいから、わざわざ嘱託として残ってまで、この仕事を続けているのかも知れない。

いま、目の前に完成間近の神輿の部品が並んでいる。

私はポケットからメモ帳を取り出して、今日の進行予定をできるだけ細かく書き込んでいった。仕事をやり遂げた瞬間の、彼らの「いい顔」を想いながら。

◇　◇　◇

七時四十分にはじまった刑務作業は、昼食をはさんで午後の作業に入っていた。

三十五名の受刑者たちは口を引き結んで、ひたすら黙々と手を動かし続ける。作業中の私語は、いっさい禁止されているのだ。

木を切る音、削る音、磨く音、叩く音……。

それらの音が工場内に響けば響くほど、空間には私の好きな木材の匂いが濃密に満たされていく。

作業にいそしむ受刑者たちの間を巡りながら、私はそれぞれの仕事を確認していった。

ふいに受刑者の一人が大きな声を出したのは、私が工場前方の監視台に立つ担当刑務官の近くを巡回しているときのことだった。

「作業交談、願いまーす！」

その声に振り返ると、二十代なかばと思われる痩せた男が右手をピンと挙げていた。男はソファーベッドの骨組みを作っていたが、まだこの工場に来てからは日が浅い新入りだった。

「よしっ！」

担当刑務官の許可が下り、私は挙手をしている痩せた受刑者の元へと指導に向かう。

「どうしたの？」

「背もたれ部分が組み上がりました。次は肘掛け部分を組んでいいのでしょうか？」

「いや、先に脚を付けてください。脚を付けて、立てた状態にしてから肘掛けを組んだ方が、作業がラクだからね」

「はい」

「それにしても、ずいぶんと上手にできたね。君は器用だな」

言いながら肩を叩くと、男は面映《おもはゆ》そうに下唇を嚙《か》んで、「ありがとうございます」と頭を下げた。

富山刑務所は、暴力団構成員や再犯者など、犯罪傾向の進んだ凶悪な受刑者を受け入れる刑務所なのだが、しばしば、こんな気の良さそうな青年が放り込まれている。この子はいったい何をしでかしたのだろうか……時折、そんなことが気になったりもするのだが、作業中の私語は慎まなければならない。私と受刑者とのやり取りも、担当刑務官がしっかりと監視しているのだ。

私は「じゃあ、頑張って」と声をかけ、ふたたび巡回をはじめた。

神輿のチームは、午前中にしっかりと指導をしたせいか、問題なく作業を進めているようだった。今日はもう放っておいても大丈夫だろう。

私はできるだけゆっくりと工場内を一巡し、十分ほどかけて先ほどの痩せた男のところに戻ってきた。背後から手元を覗き込むと、すでに脚が二本、しっかりと取り付けられていた。

うん、順調だな——と、胸裡でつぶやいたとき、誰かに背中をトンと叩かれた。

「倉島さん」

作業中に背中を叩かれることや、ましてや名前を呼ばれることなど滅多にない。だから私は少なからずぎょっとして、後ろを振り向いた。

「指導中に、すみませんね」

背後に立っていたのは、えびす顔の塚本部長だった。

「え、あ、いいえ……。何か？」

「ちょっと、いいですかね」

塚本は工場の出口を指差しながら言った。ここでは話ができないから、外で――ということらしい。

私は頷いて、先に歩きだした塚本の背中に従った。監視台の上の担当刑務官が敬礼をしたまま、私たちを見送る。

工場を出ると、塚本の横に並んで歩いた。

「来客です、倉島さんに」

「え……？」

仕事場に来る客など、滅多にいないのだが……。

「遺言ナントカって言ってたなぁ」

「遺言？」

「ええ、これが、その人の名刺です」

塚本は制服の胸ポケットから一枚の名刺を引き抜くと、こちらに差し出した。

受け取って、名刺の文字に目を通す。

『ＮＰＯ法人　遺言サポートの会　笹岡峰子』

まったく心当たりのない名前だった。

怪訝に思って首をひねっていると、塚本がふたたび口を開いた。

「とりあえず事務棟の会議室に通しておきましたけど……。何やら、生前に、洋子さんから預かっていた物があるらしいですよ」

「洋子から……」

「ええ。そう言ってました。私も詳しくは聞いてないというか、詮索《せんさく》しちゃいけないだろうと思いましてね。まあ、感じのいい女性だったんで、倉島さんから直接訊いてみてくださいよ」

「はあ……」

生返事をして、私はもう一度その名刺を見た。

遺言、サポート。

洋子が、この団体に遺言を託していたとすると、余命宣告を受けてから半年の間に、こっそりと書いていたことになるのか……私に内緒で？　あるいは、余命宣告をされる以前から、自分の死後のことを考えて……いや、まさか。

とりとめもない思考が、頭のなかを巡る。

四棟ある工場と工場の間の樹々のどこかで、ミンミンゼミが鳴きだした。盛夏の頃と比べると、その声はどこか弱々しげで、「鳴く」というより、「泣く」といいたくなるような、哀切な響きを漂わせている。

「ミンミンゼミかぁ。もう九月も後半だってのに……。ったく、地球はどうなっちまったんでしょうね？」

隣を歩く塚本がため息のように言った。

だが、私は、それには答えず、名刺を胸ポケットにしまいながら、えびす顔を見た。そして、いつもより何となく強張《こわば》っている横顔に話しかけた。

「塚本さん、今夜、空いてますか？」

「え？　まあ……」

「じゃあ、よかったら、うちで一杯」

盃をくいっとやる仕種をしてみせた。普段ならここで塚本はにやりと笑うところなのだが、今日は眉毛を八の字にしたまま、口を閉ざしていた。何かが、おかしい。

「…………」

「ちょっと美味い酒があるんで、ぜひ」

少し押しの強い口調で言ったら、観念したように塚本は頷いた。

「わかりました。では、後ほど」

◇　◇　◇

塚本の言葉どおり、笹岡峰子というその女性は、はきはきと感じのいい話し方をした。年齢は四十前後だろう。すっきりとした声色はアナウンサーのようだ。

「私どもが洋子様から託されましたのは、こちらの二通のお手紙になります」

いかにも刑務所らしい殺風景な会議室の長机の上に、笹岡峰子は二通の封筒を並べて置いた。どちらも、飾り気のない白い封筒だったが、左右それぞれの厚みが違った。

「倉島英二様宛とだけ書かれたこちらは、直接ご本人様にお渡しすることになっております」

言いながら、右側の薄っぺらい方の封筒を、すっと差し出した。

「こちらのもう一通は、長崎県の郵便局に、局留め郵便として送って欲しいとのご依頼です」

「え……。局留め、ですか？」

「はい」

左の厚みのある封筒の表書きには、長崎県平戸市鏡川町《かがみがわちょう》の薄香郵便局の宛名が書かれていた。末尾にはたしかに『局留め　倉島英二様』とある。

「この封書を、長崎の郵便局に宛てて出す、と？」

「さようでございます」

「受取人の私が、ここにいるのに――ですか？」

「はい」

「…………」

つまり、二通ある手紙のうちの薄っぺらい方は、いまこの場で受け取ることができる。しかし、もう一通は、長崎の郵便局宛に郵送するから、そこまでわざわざ受け取りに行ってくれ――ということらしい。

「ええと……、妻は、どうしてこんな回りくどいことを？」

「そういった理由までは、ちょっと……」笹岡峰子は小さく首を横に振りながら返事をする。

「じつは、こういったケースは、私どもとしましても、初めてでして」

「そう、ですか……」

「ええ、申し訳ございませんが……」

笹岡峰子が謝るのは筋違いだが、なんとなく、こちらも釈然としない気分ではある。

殺風景な会議室のなかに、ふと沈黙が降りた。

エアコンを効かせるために閉め切った窓の外から、幽《かす》かに、さっきのミンミンゼミの哀歌が忍び込んでくる。

長崎県の、薄香――。

はじめて耳にする地名ではなかった。洋子が生まれてから小学生の頃まで過ごしたという、小さな漁村だったはずだ。

私は念のため、もう一度だけ訊いてみた。

「局留めで送る手紙、いま、ここで受け取るわけには……」

「申し訳ございませんが、故人のご希望に沿うのが私どもの務めですので……。洋子様のご依頼どおり、長崎の郵便局の局留めで発送させていただくことになります」一応は申し訳なさそうな顔をしつつも、笹岡峰子の口調は事務的できっぱりとしていた。「ちなみに、本日この後、二通目を投函させて頂きますが、局留めの郵便が受け取れる期限は到着後から十日間となっております」

「ええと……、つまり、薄香の郵便局にその手紙が着いてから、十日間以内に私が受け取らなければならない、と？」

「さようでございます」

ということは――。私は頭のなかで日数を計算した。今日これからポストに投函されれば、集荷は明日になる。つまり、早くても薄香に着くのは明後日となるだろう。となると、私に残された猶予は、わずか十二日間しかない。

「あの……、もしも、の話ですが……」

「はい」

「私が、薄香に行かなかったら、その手紙は――？」

「郵便物は返送されてきますが、その際は、私どもの手で焼却処分をして欲しいというご依頼内容になっております」

「焼却処分？」

「そう承っております」

「私が読む前に、燃やしてしまうんですか？」

「はい。そのようになります」

私は思わず、ごくり、と唾を飲み込んだ。

洋子は、何が何でも私を薄香へ行かせるつもりなのだ……。

それにしても、十二日以内に薄香郵便局に行かなければ、手紙が灰になるなんて……。これは、ある種の余命宣告ではないか。

あなたへの手紙の余命は、残り十二日です——。

十二日。たったの。私のなかに焦燥が生じてきた。

「ちょっと、失礼……」

私は笹岡峰子に告げて、薄っぺらい方の封筒を開封してみた。

なかに入っていたのは、少し厚みのある一枚の紙だった。

それを、そっと引き抜く。

絵はがき……？

そう思ったのと同時に、私はハッとして呼吸を止めた。

はがきの絵は、絵手紙を趣味にしていた洋子自身が描いたものだったのだ。真っ赤な夕焼け空のもと、小さな港の赤い灯台の手前を二羽のカモメが気持ちよさそうに飛んでいく——そんな絵だ。

しかし、私を唖然とさせたのは、絵よりもむしろ、そのはがきにしたためられていた一行の文章だった。

「…………」

はがきを見下ろしたまま言葉を失っていると、笹岡峰子の視線を感じた。

「あのぅ、どうか、なさいましたか？」

恐る恐るといった風情で訊いてくる。

私は、はがきから無理矢理に視線を引きはがして、笹岡峰子を見た。

「妻は、遺骨を……」そこで私はいったん深呼吸をする必要があった。そして熱っぽいため息のように、一気に言葉を発した。「故郷の薄香の海に散骨して欲しいそうです」

笹岡峰子は「え……」とつぶやいて、目を見開いた。

私はもう一度、洋子の描いた絵はがきを見下ろす。

《わたしの遺骨は、故郷の海にまいてください》

洋子らしい、やわらかな筆文字で、そう書いてある。

私への言葉は、その一行だけだった。

「あの……」笹岡峰子が、先ほどまでとは少し違った、丸みのある声を出した。「よろしければ、散骨の業者をご紹介できますが……」

「え？」

「こういった仕事をしておりますと、稀《まれ》に散骨をご希望になられる方もいらっしゃるんです。私どもが直接お手伝いできるわけではないのですが、専門の業者さんをご紹介することでしたら――」

言いながら笹岡峰子はトートバッグ型の革鞄からパンフレットを五枚ほど取り出して、そっと私の前に差し出してくれた。

ぼんやりとした頭で、私はそのパンフレットの上に視線を滑らせた。

豪華クルーザーによる散骨。散骨のマナー。手作業での粉骨と機械による粉骨。骨壺各種サイズ。粉骨を入れる水溶性の袋。献花と献酒のセット。神父、牧師、僧侶の乗船。各種サービスの組み合わせプランと料金表……。そんな単語が目に入る。散骨はすでに、ひとつのビジネスになっているようだった。

パンフレットから視線を上げて、とりあえず礼を言った。

「ありがとうございます。少し、考えさせてください」

「もちろんです。じっくりお考えになってください。あ、でも、じっくり、と言いましても……」

そこで笹岡峰子は、少し表情を曇らせた。ビジネスライクな話し方をするが、心根はきっと優しい人なのだろう。

「わかっています。手紙を受け取るリミット……ですよね」

「ええ」

「このパンフレット、いただいても？」

「もちろんです。何かございましたら、名刺の方にご連絡をください」

「色々と、すみません」

「いいえ」

ふたたび小さな沈黙が降りて、遠い蟬の声が聞こえてきた。

その声が潮時を告げたかのように、笹岡峰子は「では、これで、私は——」と言いながら静かに立ち上がった。

私も頷いて立ち上がる。

会議室を出てから、守衛のいる刑務所の正門まで笹岡峰子を見送った。

正門を出ると、そこは楓《かえで》の並木道だ。

外はまだ夏を引きずったように蒸し暑い風が吹いていたが、しかし、頭上の楓の葉たちは淡い黄色に変わりつつある。

「もうすぐ、秋ですね」

並木を見上げて、笹岡峰子がつぶやいた。

「ええ」

私もつぶやくような声を返す。

「では、残りの一通は、本日投函させていただきます」

「お手数をおかけします」

笹岡峰子は愛想のいい笑みを浮かべて「失礼いたします」と会釈をすると、くるりときびすを返した。革のトートバッグを肩にかけ、背筋を伸ばして並木道を歩き去っていく。私はその背中にもう一度小さく頭を下げてから、高い塀のなかへと戻った。

ふと気づけば、あのミンミンゼミはすでに鳴きやんでいて、代わりに草むらからチロチロと秋の虫の歌がこぼれ出していた。

一秒、一秒、確実に季節は移ろっている。

そんな当たり前のことを思いながらオレンジ色の高い空を見上げたら、南の空にまっすぐな飛行機雲が伸びていた。

一秒ごとに、飛行機雲は伸びていく。

だが、その一秒ごとに、私宛ての「手紙の余命」は短くなっていくのだ。

◇　◇　◇

その日は、夜になってからぐっと気温が下がり、ようやく秋らしい風が吹きはじめた。

凜。

風が涼しいと、窓辺の風鈴の音色もいっそう涼やかに聞こえてくる。

「いい風が入ってくるなぁ」

塚本はそう言いながら洋子に線香をたむけてくれた。

「あの風鈴、すごく気に入ってたのよね、洋子さん……」

夫人の久美子さんも線香をあげ、両手を合わせて遺影をじっと見詰めていた。金縁眼鏡の奥の目にしずくが溜まっている。

私は、和室に折りたたみ式の卓袱台を出し、その上に久美子さんが持参してくれた煮物や和《あ》え物、さらに酒のつまみの類《たぐ》いを並べた。

塚本夫妻が席に着くと、冷蔵庫からビールを持ってきて、客人たちのグラスにお酌をする。

「おビール、洋子さんの分も、いいですか？」

そう言って久美子さんは、背後の戸棚から小さなグラスを取り出した。それに塚本がお酌をして、そっと遺影の前に置いてくれた。

「ありがとうございます」

「洋子さん、お酒好きだったもの……」

たしかに洋子は酒が好きだったし、量もいけるクチだった。

「飲んだら、明るくよくしゃべる人だったよな」

塚本が居間の遺影を眺めながらつぶやいたが、私はあまり湿っぽくなるのは嫌だったから、ビールの注がれたグラスを卓袱台の上に掲げて言った。

「そろそろ、飲《や》りましょう」

「そうですね。じゃあ、献杯しましょうか」

久美子さんの台詞に三人で頷き合って、グラスを掲げた。

よく冷えたビールを飲み干すと、凜、と風鈴が鳴った。

天国の洋子も、ビールを味わったのかな――そんなことを思って、小さく嘆息した。

私たちは空になったグラスにビールを注ぎ直しながら、卓袱台の上のご馳走《ちそう》に箸をつけた。

「この炊き合わせ、美味しいです」

私が正直に言うと、久美子さんは少し淋しそうに笑った。

「それ、洋子さんに作り方を教わったんです」

どうりで、口に合うわけだ。

「この酢の物も、いい味です」

「よかった。それはわたしのオリジナルなんですよ」

「おいおい、オリジナルじゃないだろ。料理本を読んで、最近おぼえたばかりのレシピじゃないか」

塚本が笑いながら揶揄《やゆ》すると、夫人も負けてはいなかった。

「本のレシピに、わたしなりの工夫を加えてるんです」

ピシャリと言い返して、私を見ながら舌を出す。そして、悪戯っぽく笑うのだった。

陽気なこの夫婦が来てくれたおかげで、今日の食事は久し振りに味がした。

「それにしても、倉島さんみたいな堅物は、一生結婚しないだろうと思ってましたけどね。まさか四十八歳にもなってから、洋子さんみたいな綺麗な人をつかまえるとは」

「明るくて、優しくてね、いい人だったわ。ほんと……」

また、久美子さんの目に涙がにじみだしたので、私は塚本のふった話題に乗ることにした。

「そんなに、堅物かな……」

「そりゃそうでしょ。誰が見たって」

「倉島さんは、あなたと違ってまじめなのよ」

ハンカチの角を目尻に当てながら久美子さんが言う。

「だって、この人が女を口説く姿なんて、思い浮かばないだろ？」

「………」

塚本が腕を組むと、久美子さんも人さし指を頬にあてて考え込むような仕種をする。

「まあ、そう言われてみれば……そうね。倉島さん、どうやって洋子さんを口説いたんです？」

参った。そういう話は苦手だ——と思ったが、なるほど、こういう話が苦手なのは、私が堅物である証拠かも知れない。

「ええと……それは、内緒です」

「やっぱりね。そう言うと思いましたよ」

「あら残念。わたし、洋子さんに聞いておけばよかったわ」

もしもここに酒を飲んだ洋子がいたら、嬉々《きき》としてしゃべってしまっただろう。実際は、たいしたプロポーズでもないのに、いかにもおもしろおかしく、臨場感たっぷりに。

「死人に口なしで、助かりました」

私は少しブラックかな……と思いながら、下らないジョークを口にした。すると塚木が助け舟を出してくれた。

「倉島さんは、生きてるのに口がないしね」

「ったく、本当にあなたって人は失礼ね」

刑務所でナンバー2のキャリア刑務官が、奥さんにこめかみを小突かれている。お似合いの夫婦だ。私は小さく笑った。

たしかに私は幼少期からずっと無口な方だった。教師をしていた父が厳しかったせいもあるかも知れないし、もしかすると生まれつき面白みのない人間なのかも知れない。人生に自由と冒険を求めるよりも、まじめに規則正しく静かに暮らす方が向いているのだ。趣味であり仕事でもある木工も、考えてみれば一人で黙々とする作業である。

「よく、洋子にも言われました。あなたは籠《かご》のなかの鳥じゃないんだから、もっと自由に羽を伸ばしたら――って」

「洋子さんは、性格がのびのびしてましたもんね。羽があったら、本当に飛んでいっちゃいそうなくらい」

言いながら、久美子さんは、少し遠い目をした。

「なんてったって、元歌手だからな。俺たちみたいに狭い塀のなかでこぢんまりしてる輩《やから》とは、そもそも器が違ったんだろ」

たしかに洋子は私とは正反対の性格の持ち主だった。人前で歌を唄うなど、とうてい考えられない私とは違って、のびやかに、気持ちよさそうに、ステージに立つ、セミプロの童謡歌手だったのだ。

十五年前――。当時、私が岡山刑務所に勤めていたときに、歌手として慰問に訪れてくれたのが洋子だった。私は職員の一人として体育館のいちばん後ろに立ち、ステージで歌う洋子をまぶしく見詰めていた。それが、最初の出会いだった。

「洋子さんの十八番《おはこ》、なんだっけ、ほら」

　塚本が言う。

「星めぐりの歌、でしょ」

「そうそう。あの歌、妙によかったんだよなぁ……」

　宮沢賢治が作詞作曲した歌だ。

　塚本の言うとおり、洋子が唄うあの歌には、刑務所内の体育館を一瞬でしんとさせるようなキラキラした力があって、私もはじめて聴いたときには、どこか違う世界に引き込まれてしまったような、不思議な感動を覚えたものだった。伴奏も何もなく、ただ洋子の発する声だけで「星めぐりの歌」は唄われていたのだが、毎回、聴衆の心には澄み渡った夜空のイメージが無限に広がり、その歌が終わるといつも割れんばかりの拍手が鳴り響いたものだった。

「あ、そうだ。倉島さん、たしか慰問に訪れた洋子さんを口説いたんでしたよね？」

　塚本がにやにやしながら私を見る。隣で久美子さんも興味津々の顔をしていた。

「三回目に慰問に来てくれたときに、はじめて口をきいたんだ」

「洋子さん、お綺麗だったでしょう？」

「そりゃそうさ。化粧も衣装もバッチリだろうしな」

「あなたには訊いてないわよ」久美子さんは、また塚本を小突く。「で、倉島さん、洋子さんに何て言って口説いたんです？」

やれやれ、どうしたものかと思ったが、私は正直に答えることにした。

「実は、口説いてないんです」

二人は「え？」と首をかしげた。

「声をかけてもらったんです。むこうから……。いつも、いちばん後ろで見てくださってる方ですねって」

照れ臭くて、思わず後頭部を掻いたら、塚本はケラケラと笑いながら「うん、それなら想像できる」と手を叩いた。「で、それから？」

「喉が渇いたっていうから、職員食堂に案内して……。お茶を飲んだ」

「へえ、お二人はそういう出会いだったのねぇ……」

自分の恋愛を追懐するような熱っぽい目で、久美子さんは私をじっと見詰めてくる。

「まあ、そんな昔のことよりも――」私はビールを飲み干して、少し強引に本題に入ることにした。「今日、私を訪ねてきた遺言サポートの会、のことなんだけど」

そう言ったとたんに、塚本夫妻の表情が少しばかり硬くなった。私は思わず、ふっ、と笑ってしまった。嘘をつけない善良な人たちなのだ。二人は視線を泳がせながら、ビールのグラスに口をつけたり、箸を動かしたりしていた。私は、構わず続けた。

「率直に訊きます。遺言サポートの会に、洋子の死を知らせてくれたのは——」

じっと塚本を見詰めた。二秒ほど視線が合い続けると、塚本はふいに破顔して「あはは」と開き直った。

「バレてましたか、やっぱり——。でもね、正確に言うと、あのＮＰＯと通じていたのは私ではなくて」

「ごめんなさい。わたし、です……」

久美子さんが手にしていたグラスを置いて、すっと威儀を正した。

「え……」

「入院中、自由に動けなかった洋子さんにこっそり頼まれてて……。でも、手紙の内容まではわたしも聞いていないんですよ。わたしはただ、亡くなったって報告の電話をしただけです」

「…………」

凜。

風鈴が鳴って、窓から涼風が滑り込んできた。

卓袱台を囲んだ三人は、その澄んだ音色に耳をすましながら、小さな沈黙に包まれていた。

最初に口を開いたのは塚本だった。

「倉島さん、その遺言には、何て書いてあったんです？」

私は、それには答えず、黙って立ち上がると、居間の抽《ひ》き出しからあの絵手紙と散骨業者のパンフレット、そして、先ほど自分で書いたばかりの一通の封筒を取り出した。

和室に戻り、まずは絵手紙を卓袱台の上にそっと置く。

凜。

何かの合図のように、風鈴が鳴る。

塚本夫妻は押し黙ったまま、たった一行の遺言を目で追った。

《わたしの遺骨は、故郷の海にまいてください》

「遺言って、これだけ……？」

私はゆっくりと頷く。

「洋子さんの故郷って、たしか――」

絵手紙から顔を上げた久美子さんが、こちらを見た。

「薄香という漁師町です。長崎の」

「倉島さん、行くんですか？」

塚本の顔を見て、私は頷いた。

「いつから？」

「できるだけ早く、行かなくちゃいけないんだ」

「え？」久美子さんが首をかしげた。「行かなくちゃ、いけないって？」

「実は、この手紙の他にもう一通あって……」

私は、もう一通の手紙についても包み隠さず塚本夫妻に話した。もしも自分が薄香郵便局に受け取りに行かなかった場合、その遺言が焼却されてしまうということも含めて、すべて。

「あのNPOの人、散骨業者のパンフレットも置いていってくれたよ」

「その業者に、頼むの？」

「いや、自分でやるよ」

海に散骨をする際には、その骨が変死体の遺骨と間違われないように、あらかじめ骨を砕いて小さくしなければならない――と、パンフレットに書かれていた。最低でも直径二ミリ以下にするのがマナーであるらしい。粉骨を業者に任せるのならば、機械で一気に砕く格安コースの「一般粉骨」と、ハンマーとすり鉢を使って人の手で行う「思いやり粉骨」とが選べるのだが、私は洋子の遺骨を他人の手で砕かれるのには耐えられそうになかった。だから、自分の手でやろうと思っていたのだ。

「砕いた骨を入れておいて、海にそのまま投げられる水溶性の袋っていうのがあるんだ。だから、その袋だけは、さっき業者に電話で注文したけど」

凜。

また、風鈴が鳴る。

いい夜風と、いい音色だ。

もしかすると、外は、満天の星空かも知れない。

洋子の唄う「星めぐりの歌」を思い出す。

「長崎っていうと、飛行場はどこでしたっけ？」

塚本がビールを飲み干して言った。

「飛行機じゃなくて、内装を作りかけているキャンピングカーを完成させて、それで行こうと思うんだ」

「え……。長崎まで、ですか？」

目を丸くした久美子さんのあとから、塚本が言葉を重ねる。

「長崎って、ここから千数百キロはあるでしょう」

「ああ」

「何日かかると思ってるんですか」

「ゆっくり走って、片道、四日間くらいかな？」

眉尻《まゆじり》を下げて、呆《あき》れ顔をしていた夫妻だが、急に塚本の顔がいつものにこやかなえびす顔になった。

「倉島さん」

「ん？」

「籠のなかの鳥をやめて、自由に羽を伸ばすんですね？」

「いや、別にそういうわけじゃ……」

「わたしたちに、何かお手伝いできることはありますか？」

久美子さんが少し身を乗り出してきた。

「いえ、久美子さんには、ありません。でも——」

「でも？」

「上司である、塚本部長には……」

「え？　俺に、ですか？」

私は、崩していた脚を正し、正座した。そして、ついさっき書いたばかりの封筒を卓袱台の下から手に取った。

「これ……」

神妙に、塚本の前にすっと差し出した。

「えっ？　倉島さん。ちょっと……」

「急に驚かせて、申し訳ないけど」

「ど、どういうことです……」

洋子のように達筆には書けなかった「辞表」の二文字は、白い封筒の中央に小さく縮こまっていて、妙にバランスが悪かった。のびのびと書けなかったその文字は、なんだか自分の人生をそのまま表しているようにも思えて、私は少しほろ苦いような気持ちになってしまう。

「これを、旅の間、預かっていて欲しいんだ」

「預かる？」

「情けないけど、まだ決心がつかなくて」

「辞職する決心、ですか？」

「する決心と、しない決心、両方……」

それは——、「予感」と言ってもよかった。洋子の遺言を受け取るための旅をしている最中に、ふと辞職をしたくなるのではないか。六十三歳にもなって、少しばかりの冒険をしてみたくなるのではないか。そんなイメージが私の脳裏にちらりと浮かんでから、なぜだか消えなくなっているのだ。

しかし、一方では、受刑者たちと一緒にこつこつ神輿を作り上げていくという、ささやかな人生も、軽くは放り出せそうになかった。単調で、少しばかり窮屈でもあるが、それはそれで居心地の悪くない人生でもあるのだ。

「まあ、預かるのは……いいとして。倉島さん、どういうつもりで？」

「勝手なんだけど、旅をしている間に、私が受理して欲しいと連絡を入れたら、そのときは――」

塚本も久美子さんも、黙り込んだままこちらを見ていた。

凜。

風鈴と、夜風。

秋の虫の歌も、遠くに加わっていた。

凜。

洋子が、何かを言いたがっているような気がする。

私は、いまこの瞬間、自分が何をしたいのか、きちんとわかっているようでいて、しかし、どこか心もとないような気分でもあった。ようするに、自分のしていることに自信がないのだ。昔から私はそうだった。「賭けに出る」ことを嫌い、容易に先の見通せる道ばかりを選びながら生きてきた。いつもリスクにおびえて——いや、おびえすら感じる前に、あらゆるリスクの匂いからさっさと遠ざかってきたのだ。しかも、そんな人生でいいのか悪いのかを考えることすら放棄して。

しかし、私は洋子と結婚してからは、ほんの少しずつだが変化していく自分を自覚していた。私と正反対の洋子の言動がいつもまぶしくて、そのまぶしい光の正体が「羨望《せんぼう》」だということに気づいたとき、私は自分の奥の方に眠っていた自由への「欲」と出会い、それを温め続けてきたような気がするのだった。いつでも発動できるように、じっくりと、大切に育てながら。そして洋子を失ったいま、いよいよ封じ込めていた「欲」のフタを外すときがきたような気がしているのだ。自由な生き方というものの「慣らし運転」くらいなら、試してみても損はない——そんな気分なのだった。

だが、塚本は、卓袱台の上の辞表を見詰めながら、きっぱりとこう言った。

「預かりますけど、正直、受理したくはありません」

「…………」

「まだ、作りかけの神輿だって、あるじゃないですか」

「あれは、もうすぐ完成するよ。受刑者のなかには経験を積んだ者も多いし、私がいなくても大丈夫だ」

「この先だって――」と言いかけて、塚本は小さく首を横に振りながら口を閉じた。そして、ふう、と嘆息してから、言葉を嚙み締めるように続けた。「まあ、倉島さんの、生き方ですもんね。他人があれこれ言うべきじゃないか……」

久美子さんは夫の横顔をちらりと見たが、何も言わず、ふう、と嘆息した。夫婦でそっくりなため息をついたから、私は少しおかしくなって、頰を緩めた。私と洋子も、こんなふうに似ていたところがあったのだろうか。

「勝手なことをお願いして、本当に申し訳ない。でも、塚本さんのことは他人じゃないと思ってるからこそ、逆にこんなお願いをできるというか――」

私は夫妻のグラスにビールを注《つ》いだ。それをゴクリと飲んで、塚本はやれやれといった顔をした。

「わかりました。とりあえず、しばらくは、忌引休暇に有休をくっつけて処理しておきます。でも、倉島さんから、受理して欲しいっていう連絡がこないことを祈ってますよ」

私は「ありがとう……」とかすれた声を出すと、さっと立ち上がって台所に向かった。そして、冷蔵庫の前にしゃがみ込んだ。歳のせいか、いちいち目頭が熱くなって困る。その熱を冷まそうとして、背中越しに明るめの声を出してみた。

「美味い酒がね、冷えてるんだ」

言いながら冷蔵庫の扉を開けて、淡い水色の四合瓶を取り出したとき、窓辺で風鈴が鳴った。

凜。

うん、わかってるよ。

私は食器棚から切子《きりこ》のお猪口《ちょこ》を四つ用意して、台所を出た。

◇　◇　◇

翌日からキャンピングカーの内装の仕上げに取りかかった。

車種は日産のエルグランド。嘱託の身としては分不相応な高級車だが、八年落ちの中古ということで、何とか財布と折り合いを付けたのだった。

そもそもキャンピングカーを欲しがったのは洋子だった。しかも、それは余命宣告を受けてすぐのことで、あまり物をねだったことのない洋子にしては珍しいことだった。新聞の折り込みチラシのなかから中古自動車販売の広告を見つけ出し、「いつか、こういう車で自由気儘《きまま》に旅するのって、素敵じゃない？」と、目を細めたのだ。

たとえ癌になろうとも、未来に希望を抱き続けた人間は、不思議と完治したり、宣告された余命よりも長く生きることが多い――そんな話をどこかで耳にしたことがあった私は、一も二もなく賛同し、さっそくキャンピングカーの専門誌を買ってきては、洋子と肩をならべて中古車リストを眺めはじめたのだった。

購入した車は、値段が安かっただけに、走行距離は十万キロを超えていたし、内装には汚れや傷みも多かった。だから私は休日ごとにホームセンターに通っては、こつこつと内装を木目調に改造していったのだ。

洋子の身体はその間も徐々に癌に蝕まれ、みるみる衰弱していった。だが、私はひたすら改造を続けた。洋子がつかまりやすいように手すりを付けたり、転んだりしないよう、床をフラットにしたり、照明を明るい蛍光灯に換えたりもした。

洋子が抗がん剤治療のために入院しているときは、キャンピングカーの進捗状況をデジカメで撮影し、逐一それを洋子に見せていた。

「景色を眺めながら、キャビンで食事ができるのね」

「ああ」

「この小さなキッチンでも作れるお料理を考えておくわ」

「いいね」

すでに身体を動かすことすら辛そうな洋子だったが、キャンピングカーの話をするときだけは生き生きと目を輝かせてくれた。そして私は、そんな洋子を見たいがために、こつこつと改造作業を続けていたのだった。

しかし、他界するひと月前あたりから、私はキャンピングカーの改造をピタリとしなくなった。木と車をいじっている暇があったら、その分、一秒でも多く、洋子に寄り添っていたかったのだ。私がキャンピングカーの写真を持ってこなくなっても、洋子は何も言わなかった。お互いに薄々感づいていたのだ。もはや、あの車で一緒に旅をすることはないであろうことを。

それからは、私も洋子も意識的にその話題を避けるようになっていた。それは、お互いを思いやることのできる大人同士の、優しい暗黙の了解といってもいいはずだった。

だが、いまになって、私は思うのだ。ぎりぎり最後の瞬間まで、私はキャンピングカーを作り続けるべきだったのではないか、と。たとえ洋子が自分の未来を諦めたとしても、私は洋子との未来を信じ続けてやること——それが、本当の優しさだったような気もするのだ。

未来をあきらめて、残された時間を寄り添って過ごすこと。あるいは、未来を信じ、二人の夢のために作業にいそしむこと。どちらが正解だったのか、いまの私にはわからなくなっている。

朝から晩までかけて作業をしていたら、さすがに腰が痛くなった。だが、キャンピングカーの内装はみるみる仕上がってきて、二日で完成してしまった。そもそも、身体の弱った洋子のために改造すべき箇所が多かったのだが、それがなくなったら大幅に作業を簡略化させられたのだ。私ひとりならば、多少、使い勝手が悪かろうが少しもかまわない。

完成したとき、時刻は夜の七時半を回っていた。

私は作りたてのベッドに仰向けに寝転がった。

動く我が家は、やわらかな木の匂いに満ちていた。

「ふう。ようやく、だな……」

思わずひとり言をつぶやいてしまう。

二人用のベッドだから、ゆったりと大の字にでもなればいいのだが、私は自然と右側に寝そべっていた。左側ががらんと空いていることに気づいて、湿っぽいため息をこぼしてしまった。十五年間、夫婦の寝室では洋子が左側に寝ていたのだ。その習性が、こんなところにも出てしまうなんて……。

それでも、私の内側にはある種の高揚感があった。いよいよ自由な人生の慣らし運転ともいえる旅に出られるのだ。しかも、その終着点には、洋子からの手紙が待っている。

さっそく明日、出発するよ、洋子。

お前の仕掛けた悪戯に付き合ってやるからな。

悪戯という単語が頭のなかに浮かんだら、私の頬はふっと緩んだ。亡くなった妻の「遊び心」に翻弄《ほんろう》されているなんて、なんだか少し愉快な気がしたのだ。

ふふふ、と悪戯っぽい顔で笑う洋子を憶った。

洋子はよく、そういう笑い方をしたものだった。

うっかり目頭に熱いものがこみ上げてきそうになった私は、「ふう」と、あえて少し明るめのため息をついて、自分の感情をごまかしてみせた。

第三章　羊雲のため息

出発の朝も、いつものように五時ちょうどに目覚めた。

布団のぬくもりのなか、ずっしりとした疲労を背中に感じつつも、よいしょ、と起き上がる。凝り固まった腰がぎしぎしと軋《きし》んで、思わず両手でさすってしまった。

洗面所の鏡の前に立つと、少しくたびれた六十三歳の男の顔があった。白い無精髭がぽつぽつ伸びはじめていたが、今日からしばらくは放っておくことにした。髭を伸ばすのは、生まれてはじめてのことだ。

寝間着のまま顔を洗い、歯を磨き、朝食を食べるところまでは、いつもと変わらぬ朝だったが、制服ではなく私服に着替えたところから、私は少しずつ、機械のような寸分違《すんぶんたが》わぬ「日常」から外れていくのを感じはじめていた。新聞も、今朝からは止めてあった。食後、新聞を開かずにお茶を飲んでいたら、なんとなく手持ち無沙汰で、いつものお茶の味がよそよそしく感じられた。しかし、そのよそよそしさは新鮮で、どこか心地よくもあったので、私はあえて普段は聴かないCDをかけてみた。デッキのなかに入れたままの、洋子が好んで聴いていた古いジャズだ。

　軽快な音符が漂いはじめた部屋のなかで、私は出発の準備にとりかかった——といっても、ほとんどの準備は昨夜のうちに終えていたから、留守中に漏電などしないよう、使わないコンセントを抜いて回ったり、充電した携帯電話を鞄に入れたり、保険証などの持ち物を確認したりする程度だが。

　普段ならお茶を飲みながら新聞の見出しに目を通している時間に、ジャズを聴きながら旅の準備をしている自分がいる——腰は痛いし疲労も残っているが、気持ちが新鮮なせいか、いつもより身体の動きが溌剌《はつらつ》としているような気がした。

　まだ出発前だというのに、すでに「堅物」と呼ばれた自分が少しずつ変化しはじめている——少しこそばゆいような気分で、私はそんなことを思っていた。

　長い年月をかけて、私の人生に分厚くへばりついた幾多の習慣は、びっしりと全身にまとった鎧《よろい》に似ていた。はぎ取った部分は生身がむき出しになり、風がすうすうして心許《こころもと》ない気もするのだが、その分だけ身軽になれた清々しさを味わえるようだった。

　最後に、戸締まりを確認した。

　ベランダに通じるガラス窓に鍵をかけたとき、何気なく私は外の風景を眺め下ろした。見慣れた官舎の敷地は、空と同じ淡い鼠色にぼやけていた。九月後半の生暖かい糸雨《しう》が、音もなく世界をしっとりと濡らしていたのだ。

秋の長雨にならなければいいが……。

ふと気づいて、私は窓辺に吊るしてあった風鈴を外し、それを手にしたまま居間に戻った。

居間の箪笥の上には、洋子の遺影と位牌がある。位牌の傍らに置いていた骨壺は、昨夜《ゆうべ》のうちに車の助手席に積んであった。

「出発するよ……」

ぼそっと、遺影に話しかける。

モノクロ写真の洋子は、まぶしそうな目で黙って微笑んでいる。

私はナイロン製の旅行鞄を肩に掛けた。

右手には、洋子の風鈴。

住み慣れた部屋を出て、ドアの鍵穴に鍵を差し込んだ。

ガチャリ。

静かな官舎の階段にその音が響き渡ったとき、ふと私のなかの何かが断ち切られたような気がした。

◇　◇　◇

今日からしばらく私の「家」となるエルグランドに乗り込み、後部キャビンの窓のカーテンレールに洋子の風鈴を吊るした。運転席に座り、エンジンをかけ、ワイパーを動かす。トリップメーターはゼロにセットしておく。

西の空を見上げると、思ったよりも明るかった。案外、すぐに天候は回復するのかも知れない。

「よし……」

私は、ステアリングに手をかけ、そっとアクセルを踏んだ。

官舎の駐車場を出て、刑務所の前の並木道をエルグランドが滑りだす。雨に濡れた楓の葉が、頭上でつやつやと光っていた。帰ってくる頃には、この楓もだいぶ色づいているのだろう。

国道四一号線に乗って、南へ。

晴天のときは蒼々《あおあお》とそびえる正面の山並みも、今日は白い靄《もや》のなかに霞《かす》んでいて、淡い水墨画のようだった。

途中、コンビニに寄り、缶コーヒーとガムを買う。

十五分ほどで市街地を抜けると、徐々に風景が開けてきた。

遠くに霞んでいた山並みが目前にまで迫ってきたとき、いよいよ私の内側に「旅に出た」という実感が湧き上がってきた。

国道四一号線は「飛騨街道」とも呼ばれる神通川《じんつうがわ》沿いの道路で、秋も深まれば山間《やまあい》の紅葉が見事なのだが、この時期はまだ少し早かった。とはいえ、山々はすでに盛夏の頃の濃密な翠緑《すいりょく》を失いつつあって、季節の移ろいはしっかりと感じさせてくれる。

私はできるだけのんびりと車を走らせた。

神通川の緑色の水面を見下ろしながら、蒼い山へ分け入っていくと、時折、ぽつりぽつりと川のなかに杭《くい》のように立っている人影が見えた。笠をかぶった釣り師だった。産卵のために河口へと向かう「落ち鮎」でも狙《ねら》っているのだろう。

そのまましばらく走っていたら、西の空の雲が切れはじめて、視界が明るくなった。雨はまだ少し残ってはいるが、ほどなくあがりそうだ。なんとなく、虹が架かりそうな気配もある。

やがて道路が九十九折りになり、いよいよ本格的な山間部に入っていくと、「カモシカ飛び出し注意」の黄色い標識が目につくようになった。道路に沿って延びる土手には、穂の開いたススキがびっしりと群生している。

ススキの穂は雨に濡れてお辞儀をしていたが、たっぷり溜《た》め込んだしずくが新鮮な朝日をきらきらと乱反射させて、まるで宝石をちりばめたように光り輝いていた。

赤、青、紫、黄、橙……。

さまざまな色の、光の粒がはじける。

ススキがきらめいたのは、ほんの一瞬だった。太陽とススキと自分の位置関係がピタリと合った刹那だけの儚い光景だったのだ。しかし、その神々しいような美しさに、私はステアリングを握ったまま、ため息をもらしてしまった。

この旅、祝福されているみたいだぞ――。

胸裡でつぶやいて、ちらりと助手席に視線を送った。

助手席のシートの上には、洋子が使っていた大きめの革鞄がシートベルトで固定されている。

鞄の中身は、骨壺だ。

私は視線を前に戻し、さらに山奥へとアクセルを踏み込んだ。

山間の坂をどんどん登っていく。

標高が上がるにつれて、空には澄明なブルーが広がってきた。

しっとりと濡れた雨上がりの山々も、息を吹き返したようにパッと明るく輝きだす。

岐阜県に入って高山本線と並行する国道三六〇号線を行くと、道は一段とカーブが多くなり、宮川というビー玉色をした清流を縫《ぬ》うように何度も渡った。

空が晴れたせいか、ミンミンゼミが鳴きはじめる。

狭い棚田の真ん中では、刈り取られたばかりの稲がはさ掛けされていた。

車の窓ガラスを開けると、外の空気がどっと車内に流れ込んできた。雨上がりの空気は森の匂いに満ちていて、私は思わず深呼吸をしてしまった。

凜。

時々、思い出したように洋子の風鈴が鳴る。

ふとカーラジオをつけてみると、ニュースが読まれていた。だが、ここは山間部だけに電波状態が悪いらしく、アナウンサーの声は途切れがちだった。何やら「焼き破り」という手口の車上荒らしが横行しているらしいのだが、ノイズが耳障りなので、私はラジオのスイッチをオフにした。

車内に静寂が戻る。遠い蟬の声と、風鈴の音色が、私の内側にじんわりと優しく染みた。

それらの音をぼんやり聴いていたら、ふと子供の頃の夏休みの匂いが甦ってきた。森と、川と、土の匂いだ。

その匂いは五十年以上も昔の記憶なのに、どういうわけか、つい最近のことのように感じてしまう。五十年前が「最近」に感じられるなんて、人生とはなんと短いものだろうか。

もしかすると――、五十三歳で逝った洋子も、百歳まで生きた人も、それぞれの人生を「一瞬だった」と感じる点に関しては、たいした差異はないのかも知れない。「一瞬」と「永遠」は、時計で計れば大きな差が出るが、人の想いで計ればイコールで結ばれることもあるのではないだろうか。

そんなことを考えていたら、私の脳裏に洋子が唄う「星めぐりの歌」が流れだした。セミプロだった洋子の歌声は、二枚の古いCDに刻まれていた。どちらも複数の歌手による童謡が収められたアルバムで、洋子が唄っているのは「星めぐりの歌」と「シャボン玉」だった。

結婚したばかりの頃、私はそのCDを車内で聴こうとしたのだが、洋子はそれをひどく嫌がった。理由を訊ねると、「自分の歌声を自分で聴くのって、恥ずかしいのよ……」とのことで、珍しくはにかんだものだった。さらに続けて洋子は少し思いがけない台詞を口にした。

「それにね、シャボン玉っていう歌は、淋しすぎるから、ちょっと苦手なの。作詞をした野口雨情の長女が、生まれて七日で亡くなってしまって……、そのときの悲しみを雨情はシャボン玉の儚さに譬《たと》えたって言われてるのよ」

一応は仕事だから、レコード用に唄いはしたけれど、そうでなかったら唄わないわ——。

洋子はそんなことを口にしたのだった。

シャボン玉消えた
飛ばずに消えた
生まれてすぐに
こわれて消えた

裏話を知ったうえで二番の歌詞を思うと、なるほど胸に迫るものがある。

私は洋子にその話を聞いてから、むしろ「シャボン玉」という歌の深さに情緒を感じるようにさえなったのだが、しかし、洋子がこの歌を唄うことは二度となかった。

風　風　吹くな
シャボン玉飛ばそ

脳裏に洋子の声で歌が流れた。

車内に風が吹き込んで、風鈴を鳴らす。

凜。

◇　◇　◇

飛驒山中を走行中に道の駅を見つけた。

私はステアリングを切って、その広々とした駐車場に車を滑り込ませた。平日の午前中だというのに、数十台もの車が停まっている。半分以上はトラックだ。

エンジンを止めて車から降り立つと、とたんに清爽《せいそう》な高原の風に包まれた。私は晴れ渡った空に両手を突き上げて「んー」と大きく伸びをした。ずっと走りっ放しだったせいで、身体のあちこちがみしみしと音を立てて軋む。

トイレに寄り、土産物屋を冷やかした。名物の「さるぼぼ」のキーホルダーや飾り物などが所狭しと陳列されている。

せっかくだから、売店で昼食を買っておくことにした。「みそヒレカツサンド」という味噌味のサンドイッチがあったので、それとおにぎりを購入した。自販機でお茶のペットボトルも買っておく。

売店の隣にはレストランが併設されていて、その建物の奥に、人の背丈ほどの立て看板があった。

《飛騨高山のおいしい湧水　ご自由にどうぞ》

ちょうどいい――。

私はいったん車に引き返して、キャンピングカーの水道用のポリタンクを手にした。そして、湧水のある立て看板の方へと歩きだした。

湧水地はレストランの裏手にあった。湿って苔《こけ》むした崖の裂け目に塩ビのパイプが刺してあり、そのパイプから滔々《とうとう》と清水が噴き出している。

一人、先客がいた。

先客は、私のものよりもかなり大容量のポリタンクを傍らに置き、もう一つの同じサイズのポリタンクに湧水を汲《く》んでいるところだった。

後ろに並ぶと、こちらを振り向いた。

脂ぎったあばた面の男が、私を値踏みするような目でじっと見詰めてくる。

見たところ、私とほぼ同年代だろう。短い髪の毛には白髪が多く、両肩のあたりからは、どことなく鬱々とした雰囲気を漂わせていた。私は、うなじの産毛がちりちりと逆立つのを感じた。

しかし、男は、その雰囲気とは裏腹に、ふいに気さくな笑みを浮かべたのだ。

「私は量が多いんで、よかったら、お先にどうぞ」

かすれ声ではあるが、声色も陽気だった。

「あ、いえ、私も急いでいるわけではないので、大丈夫です……」

「でも、あなたのタンクは小さいですし。遠慮なさらず、ほら、どうぞ、どうぞ」

男は自分のタンクを地面に置くと、私の背中に手を回して「さあ、さあ」と、なかば強引に前に押し出した。さすがにそこまでされて固辞するのも気が引ける。

「では、お言葉に甘えて……」

恐縮しつつ私が湧水を汲みはじめると、男はグレーの短パンのポケットから煙草を取り出し、シュー、と音のするターボライターで火を点けた。

「さっきね、この水を味見したんですけど、冷たくて美味しかったですよ」

男は紫煙と一緒にハスキーな声を吐き出した。

「そうですか……」

私は何と答えたものか、困惑してしまった。そもそも、初対面の人間と話すのは得意ではない。

　すると男は、私ではなく、湧水口を見詰めながらつぶやいた。

「こんなにうまい水があふれている」

「え……」

「種田山頭火の句です」

　あばた面を歪ませるように男が笑ったとき、びしゃびしゃと音を立てて水が溢れ出した。私のタンクが一杯になったのだ。

「あ、終わりました」しゃがんでタンクのフタを締めながら、私は男を見上げた。「ありがとうございました」

「いいえ、どういたしまして」

　口笛でも吹きそうな飄々《ひょうひょう》とした顔で男は微笑むと、くわえていた煙草を携帯灰皿に押し付けた。

　私は満タンになったタンクを手にして立ち上がった。そして、男に軽く会釈をしながら白分の車へと戻った。

　種田山頭火か……。

　たしか、放浪の俳人だったな。

　そんなことを思いながら、ふたたび車のエンジンをかけた。

◇　◇　◇

高山まで国道四一号線を走ったあと、右に折れて国道一五八号線に入った。標高千メートルを超えても気温は夏を思わせる暑さだったが、緑風が清々しいせいか不快ではない。

山のなかをひたすら走り続け、やがて清流として名高い長良川沿いの道を南下していく。さらに郡上《ぐじょう》踊りで知られる郡上八幡を過ぎたところで、私はふたたび休憩をとった。道路脇に車を停め、玉砂利の川原まで降りていき、座りのいい岩に腰掛けて味噌味のヒレカツサンドとおにぎりをほおばった。

目の前を滔々と流れる長良川はラムネ瓶のように澄んだ深緑色をしていた。川を渡る風には、どこかスイカを思わせる匂いが溶けている。これは何の匂いだろうか――そう考えたとき、ふと塚本のえびす顔が思い浮かんだ。

そうだ。天然鮎の匂いだ。

昔から鮎釣りに凝っている塚本から、以前、教えてもらったのだ。

天然の鮎ってのはね、スイカそっくりのいい匂いがするんですよ――。

塚本がこの長良川で釣ってきた鮎を塩焼きにしてくれたこともあったが、そのときもたしか、こんなスイカのような匂いがしていたはずだった。

食後、ペットボトルのお茶を飲みながら、ぼんやりと美しい川の流れを眺めた。心地よいせせらぎに、ミンミンゼミの鳴き声が重なったとき、遠いところまで来たな、と急に感慨深い思いにとらわれてしまった。

つい数時間前に富山を出発したばかりだというのに……。


山間部から岐阜市まで降りてきた。

コンクリートで作られた直線と直角だらけの世界が、やけに味気なく思えて、私は短く嘆息した。長良川で感じていた旅情もいつしか消え失せている。

国道二一号線で西に向かって進んだ。大垣、関ヶ原、米原、彦根と走っていくと、いつの間にか国道八号線に乗っていた。風景にはふたたび伸びやかな田園が多くなり、畦道《あぜみち》に並んで咲き誇る無数の彼岸花たちが風に揺れていた。もう目と鼻の先に琵琶湖があるはずだった。

近江八幡を過ぎたところで、私はセルフ式のガソリンスタンドに寄った。

給油をしているとき、ふいに後ろから肩を叩かれた。

振り向いた私は、一瞬、言葉を失った。

「どうも。奇遇ですね」

こちらを見て、にやりと笑っている男の顔に、見覚えがあったのだ。

「あ、先ほどは……」

私は何か言おうとしたのだが、言葉の接ぎ穂が見つからなかった。

「こんなところで、またお会いできるとは思いませんでしたよ」

それはこちらの台詞だ。

飛驒高山からここまでは数百キロも離れているというのに、たまたま同じ方向へと車を走らせ、たまたま同じガソリンスタンドで再会するなどという偶然があるだろうか……。

「いやあ、本当に奇遇だ」

男はさらに笑みを深めたが、それは脂ぎったあばた面を歪ませたような笑い方だった。

「富山からですか？」

男は私の車の周囲をぐるりとひと回りして訊ねた。ナンバープレートを見たのだろう。

「ええ……」

「私は埼玉からです。ほら、あの車」

男が指差した先には、紺色のハイエースが停まっていた。サイドルーフが付いているから、もしかすると——。

「キャンピングカー、ですか？」

「ええ。仲間ですよ、仲間」

「…………」

私のエルグランドは後部キャビンの窓のカーテンを閉めているから、外見からはキャンピングカーであることはわからないはずだった。それなのに、なぜ仲間などと――。

「ははは。どうしてあなたの車がキャンピングカーだとわかったか、でしょう？　簡単です。ナンバーを見ただけです」

「なるほど……」

私の車はキャンピングカーとして特殊車両登録をされているから、ナンバープレートの「富山」の文字の横に「88」という数字が表示されているのだ。一般的な乗用車に使われる「5」や「3」ではじまる番号とは違う、いわゆる「8ナンバー」と呼ばれるプレートだ。

「すみませんね、驚かせてしまったかな」

「いえ」

「もしよかったら、車のなかを拝見させてもらえませんかね。仲間同士ってことで」

男の気さくな語り口調に少しホッとしはじめていた私は、「たいした車ではありませんが――」と断ってから、後部のドアを開け放った。

男は「ほう、これは」などと言いながら、車のなかを隅々まで観察しはじめた。なんだか、急に男の目つきが変わったようにも思えたが、だからといって、どうしようもない。

「あの……、本当にたいした車では……」

背中に声をかけると、男は車中に視線を残したまま返事をした。

「いやいや、たいしたものです。この辺の木目を出しているところは、ハンドメイドですか？」

キッチンまわりや収納を指して言う。

「ええ、まあ……」

「細かいところまで、ちゃんと割りくさびでホゾを補強されていますし、水回りに近いところはカビに強いヒバ材で、それ以外の部分は木目の美しい……これはヤチダモですよね？」

「え、ええ。そうです」

驚いた。この男の木工の知識はなかなかのレベルに違いなかった。急に男の目つきが変わったのは、私が手がけた木工の細工のレベルを値踏みしていたせいなのだろう。

「角を丸く削られているのも、暖かみがあっていいデザインですね」

「ありがとうございます」

礼を口にしたものの、実際はデザインというより、身体に力が入らなくなっていた洋子が万一転んだりしたときに怪我《けが》をしないようにと、角という角をすべて丸く削っておいただけだった。

「ヒバの清々しい香りが残っているのもいい」

「まだ作ったばかりなので」

「私もこのヒバの匂いが好きでしてね」

あばた面の男は、車のなかの匂いをくんくん嗅ぎながら、嬉しそうに目を細めた。

「失礼ですが、木工をされるのですか？」

私は訊いた。

「人様に自慢できるほどではありませんが、嫌いではない方です」

「ああ、やっぱり。割りくさびや木材の特性にまで目がいく人は、なかなかいませんから」

「いえいえ」

男は照れ臭そうに、こめかみのあたりを人さし指で掻いた。そして、ふと思い出したようにこちらを見た。

「失礼ですが、今夜は車中泊ですか？」

「ええ。どこかのドライブインかコンビニの駐車場あたりで、と思っていますが」

すると男は首をすくめるような仕種をしてみせた。

「ドライブインはともかく、コンビニはやめた方がいいですよ。私はもう何度も追い払われましたから。防犯のため、という理由らしいんですけどね。まあ、店からしてみれば、怪しいんでしょうが」

「そういうものですか……。実は、今日が初めての車中泊でして。まだ、何もわからなくて」

正直に告げると、男は「それなら」と手を叩いた。「この先の琵琶湖の湖畔にオートキャンプ場があるようですから、もしよければ、ご一緒しませんか？　木工の話も色々と聴かせていただきたいですし」

すでに陽光は斜めに傾きつつあった。

旅の初日にしてはずいぶんと走ったたし、これからうろうろして泊まり場所を探すよりは、経験豊富そうなこの男に追従して、車中泊のいろはを教えてもらうのも悪くない気がした。

何より、湖畔というロケーションもよさそうだ。

「では、お邪魔でなければ、ご一緒させてください」

私は小さく会釈をした。

◇　◇　◇

夏休みシーズンを過ぎた湖畔のキャンプ場は閑散としていた。

管理人のお爺さんが「どこでも好きなところを使ってください」と言ってくれたので、私は湖を一望できるキャンプサイトを選んで車を停めた。

あばた面の男は、私から数十メートルほど離れたところを選んだ。これくらい離れてくれると、互いのプライベートが守られていい。男は案外、気を遣うタイプなのかも知れない。

さっそく私はキャンプ用のテーブルと椅子をセットして、男を招いた。不慣れな手つきでコーヒーをドリップし、男に差し出す。

「先ほどの水でいれてみました。味はどうか……」

「ああ、どうも、恐縮です。では、ありがたく」

男は、ひとくち飲むと「うん、美味い」と大袈裟《おおげさ》な声を出した。そして、わざとらしく目を閉じて、ぼそりと言った。

「行き暮れてなんとこころの水のうまさは」

「…………」

私が黙っていると、男は目を開けてニッと笑った。

「種田山頭火です。ご存じですか？」

「耳学問で。放浪しながら句を詠《よ》んだ人だとしか……」

「興味がなければ、そんなものですよ。私は高校の国語教師をしていましたから、こういうのが好きなだけです」

「高校の先生──」

「あ、そういえば、まだ名前を言ってませんでしたね。私は杉野と言います。杉野輝夫です」

「倉島英二です」

私が名前を告げると、なぜか杉野の目に安堵の色が浮かんだ気がした。

「で？」と杉野。

「え？」

「何か、私に言いかけてませんでした？　倉島さん」

「ああ、ええと、いまも教員のお仕事を？」

「いえ。定年退職しました。もう六十一なんでね。倉島さんも、私と同い年くらいですか？」

「二つ上になります」

「そうですか。じゃあ、ほとんど同世代だ」

「そうですね」

「倉島さんも、定年で？」

「いえ、実は、まだ嘱託をやっていまして」

「それはいい。仕事があるというのは、いいことですよ。私なんて、退職した後は暇でしようがなくて。子供は作りませんでしたし、妻には先立たれて、ひとりぼっちの風来坊です」

「……………」

「山頭火の句にね、こんなのがあるんです」

杉野はコーヒーをひとくち啜ってから、少し遠い目をした。

「からむものがない蔓草《つるくさ》の枯れてゐる」

私はその句の意味を考えながら、コーヒーを啜る。

すると、杉野がしゃべりだした。

「我々も蔓草になっちゃ駄目なんですよね。蔓草ってのは、絡む木がないと枯れてしまう存在ですから。我々はしっかりとした木になって、根を張って、自分ひとりの足で立って、周囲に蔓草がいたら幹も枝も貸してやり、生かしてやる。そういう人間じゃないとね」

「そう、ですね……」

と、返事をしたものの、私は、自分こそがまさに蔓草であるように思えてならなかった。洋子という木に絡んでいただけの――。

木がなくなったいま、私は枯れてゆくのだろうか。

「なんて偉そうに言っている私自身も、木にはなれなかったんですけどね。いまだに蔓草です。人様に頼ってその日暮らしですから」

杉野は、へへっ、と自嘲気味に笑った。

私も曖昧《あいまい》に笑みを浮かべる。

ふいに琵琶湖の水面を渡ってきた清々しい風がそよと吹いて、夕暮れの情緒をあおった。凜。

開けたままのリアハッチのドアから、その風が入り込み、洋子の風鈴が鳴る。

「いい音色だ……。キャンピングカーに風鈴を吊るすなんて、風流ですね」

まっすぐに褒められて、私は返す言葉もない。

「山頭火にね、こんな句もあるんです」

なんだか淋しい句なんですけどね――、と前置きをして、杉野が静かに詠んだ。

「風鈴の鳴るさへ死のしのびよる」

「…………」

風鈴と死を結びつけられて、私は内心で絶句した。だが、それを顔に出さないくらいの人生経験は積んでいた。「ほう」と軽くつぶやいてコーヒーを飲み、心の震えをごまかした。

「倉島さん、奥さんは？」

「先日、他界しました」

さらりと言えた──はずだ。多分。

「そう、ですか……。お子さんは？」

黙って首を横に振った。

「では、私と同じですね。やっぱり仲間だ」

杉野はあばた面を歪ませて、少し淋しそうな笑い方をした。

その顔は淡い紅色に染まっていた。

いま、まさに、熟した柿のようなとろとろの夕日が、琵琶湖の向こうの山の端へと落ちていく。

風が吹いて、風鈴が鳴った。

凜。

しばらくの間、私たちは黙ってコーヒーを飲んだ。

仲間、か──。

旅先でこんなふうに出会う仲間も、悪くないかも知れない。

凜。

ふたたび風鈴が鳴ったとき、私は口を開いた。

「コーヒー、もう一杯、いかがです？」

杉野は「ありがたい」と言って、カップを差し出した。

完全に日が暮れてもなお、杉野は私のテーブルに着いたままだった。日没後はランタンの明かりのなか、木工の話をし、車中泊の話をし、そして山頭火の話をした。といっても、会話の九割は杉野の口から発せられていたのだが。

「山頭火は放浪の俳人なんて言われているんですけどね、倉島さんは、旅と放浪の違いって、何だと思いますか？」

そんなこと、考えたこともない。

「……何ですか？」

「私はね、目的があるかないか、だと思うんです。そういう意味では、芭蕉は旅で、山頭火は放浪ということになりますか。『分け入っても分け入っても青い山』。山頭火はこんなふうに己の思うままに放浪して、自然な想いを五七五にこだわらず詠んだんですよ。だからでしようね、いまだに人々を魅了するのは」

なるほど……と、私が黙っていたら、杉野が頭を掻いた。

「あ、すみません。教師だった性分で、ついこうやって偉そうに理屈を言ってしまうんです。よく妻にも叱《しか》られました。あんたはしゃべりすぎだって」

「いえ、そんなことは。旅と放浪の定義、おもしろいです。杉野さんは、旅派ですか？　それとも放浪派ですか？」

「私はね――」と、言いかけて、杉野はいったん言葉を呑み込んだ。ほんのわずかだが、表情を曇らせたようにも見える。「私は、放浪です。目的もないですし、そもそも帰る場所がないですから」

帰る場所が、ない？

「失礼ですが、ご自宅は？」

「自宅はありますけど、そこに帰っても木がないので……。蔓草は枯れるだけです」

「……………」

木を失った蔓草。

自分もあの官舎で暮らしていたら、やがては枯れていくのだろうか。

考えていると、気が滅入りそうになる。私は話題を変えた。

するとすると杉野は「ちょっと失礼」と言って、煙草を取り出すと、シュー、と激しい音を出すターボライターで火を点けた。そして、紫煙と一緒に答えを口から吐き出した。

「西の方へ、と考えていますけど。それだけです。倉島さんは？」

「長崎県の薄香という漁村に行く予定ですが」

「ずいぶんと遠くまで。何か、ご用事でも？」

「ええ、まあ、色々と……」

　私は思わず言葉を濁してしまった。死んだ妻の遺言を受け取りにわざわざ長崎まで行き、さらに散骨をするなどと言えば、その後の説明が大変になる。しかも、目の前の車のなかには妻の遺骨が載っているのだ。

　杉野は、私が言いにくそうにしているのを察したようで、あえて話題を変えてくれた。

「今宵は、星が出ていますね」

「ええ」

　私の脳裏に「星めぐりの歌」が小さく流れはじめる。

「んじゃ、そろそろ私は――」夜空を見上げながら、杉野はおもむろに立ち上がった。そして、くわえ煙草のまま「ここらでおいとましまして、ちょっとお金をおろしてきます」と妙なことを言った。

「え？　いまから、ですか？」

「手持ちの旅の資金が乏しくなってきたんでね」

　金をおろすのなら、夕方にたっぷり時間があったはずなのだが……。

「うっかり、おろすのを忘れてましてね。倉島さんとの会話が愉しかったから、つい」

「………」

「では、また明日の朝にでも」

　そう言って会釈をすると、杉野はきびすを返してキャンプ場の闇のなかへと歩きだした。

と、思ったら、ふと足を止めた。

「倉島さん」

「は、はい……」

「助手席には、鞄を置いたりしない方がいいですよ」

「え？」

「最近は車上荒らしが増えているようですし。外から見えるところには置かない方がいいです」

　ふいに、私の首筋あたりの産毛がちりちりと逆立った。

「はい……」

「では、また明日」

ランタンの明かりが届かないため、杉野の表情はほとんど読み取れなかった。

サクサクという静かな足音とともに闇に溶けていく杉野の背中に、私は「おやすみなさい」と言った。

◇　◇　◇

杉野はさっそく車に乗って出かけていった。

それを見届けて、私は自分の車のなかに入った。

助手席のシートベルトを外して、洋子の骨壺が入った革鞄を抱き上げると、後部キャビンのベッドの上に置いた。ファスナーを開け、なかから骨壺をそっと取り出す。何の変哲もない白い陶製の壺は、フタが開かないようにガムテームで固定してあった。

私は、なかば無意識に骨壺に右手を伸ばし、ひんやりとした丸いボディを撫でた。

凜。

風鈴が鳴って、ふと我に返る。

右手をゆっくりと離す。

それからヘッドランプを付けて車から降り、湖に向かった。湖畔の玉砂利を照らしながら、しばらくの間、周辺をうろついた。

やがて、見つけた——。

探していた理想的な石は、波打ち際に転がっていた。

直径は二十センチ以上あり、全体が平べったく、中心が少し窪《くぼ》んでいる。これ以上の石はないだろう。

私はつるりとして冷たいその石を両手で抱え、車のなかへと運び込んだ。キャビンのベッドの上に手作りの丈夫な木製テーブルを出し、その上にバスタオルを敷いて、さらにその上に拾った石を置く。車のドアが閉まっていることを確認し、カーテンのわずかな隙間さえもピタリと閉め切る。

骨壺のガムテープを剝《は》がして、フタをそっと開けた。

なかから、丈夫な白いナイロンの袋を引き出す。ごりごりと骨の欠片《かけら》のこすれ合う音が、車内にやけに大きく響いた。

私はその袋を、拾ってきた平らな石の上にそっと置いた。洋子そのものを横たえるような気持ちで、両手で丁寧に扱いながら。

さらに、傍らの赤い工具箱のなかから金槌《かなづち》を取り出した。金槌は、このために購入しておいた新品だった。

「いいんだよな、洋子、本当に……」

袋のなかの遺骨に、ささやきかけた。

もちろん、答えはない。

窓を閉め切っているから、風鈴さえも鳴ってはくれない。

金槌を握る手に少し力を込めてみたが、その手が震えていることに気づいた。

いったん深く息を吸って、そして、ゆっくりと吐き出した。

金槌の先端を、遺骨の入った袋にあてがう。

しかし、相変わらず金槌はカタカタと震えている。

いくぞ——。

私は金槌を小さく持ち上げて、そのまま洋子の骨を叩いた。

ゴツ……。

嫌な音がしたが、骨は砕けなかった。

思い切りが足りないのだ。

私はまた深呼吸をした。

心臓が早鐘を打ち、耳の奥の方までどくどくと脈がせり上がってくるようだった。

私に、洋子の骨を砕くことができるのか――。

不安が頭をもたげてくる。業者に粉骨を頼む人の気持ちが、ここにきてはじめて理解できた。

だが、洋子の遺言は、どうしても私の手で叶えてやりたかった。心を込めて、徹頭徹尾、私自身の手で。

「洋子……」

ふとかすれ声で名前をつぶやいたが、その先の言葉が出てこない。ただ洋子の微笑んだ顔が、ちらりちらりと脳裏に浮かんでは消えていくだけだった。

「洋子……」

もう一度つぶやいて、遺骨を見詰めた。

まだ――さようなら、とは言いたくない。

では、何と言えばいいのか？

私はいったん金槌を置いて、両手を伸ばし、袋の上から遺骨をそっと撫でた。ごつごつとした骨の感触のなかに、一抹のぬくもりを探している自分に気づいたら、背骨から一気に力が抜けていきそうになった。

だが、私は踏ん張った。
踏ん張ったら、ぼろりと口から言葉がこぼれ落ちた。
「洋子……、ありがとう」
私は、金槌を手にした。
手は震えたままだ。
それでも祈るような気持ちで「ありがとう」と胸裡で言いながら金槌を振り下ろした。
ゴシャ……。
今度は、骨が潰れた。
もう一度、金槌を振り上げる。
ありがとう。
ゴシャ……。
骨が、砕ける。
ありがとう。
ありがとう。
ありがとう。
ありがとう。

ありがとう、本当に――。

洋子、ありがとう。

ありがとう。

ありがとう。

私は金槌を続けざまに振り下ろした。

まるでその行為が祈りの儀式ですらあるように、心を込めて。

洋子の骨が白い袋のなかでみるみる砕けて、小さくなっていく。

このとき、私は知った。悲しさよりも、虚《むな》しさよりも、喪失感よりも、ありがとうという想いを抱いたときの方が、はるかに涙腺が緩むということを。いま、この瞬間、涙をこらえることができている自分が、不思議なくらいだった。

ありがとう。

ありがとう。

ありがとう。

ありがとう。

洋子、ありがとう。

でも、私はまだ涙を流すつもりはないよ。

◇　◇　◇

翌朝、目覚めて車から出てみると、昨夜コーヒーを飲んだテーブルに杉野が着いていた。私を見るなり、ひょいと右手を上げた。

「どうも。よく眠れましたか？」

あばた面を歪ませて、杉野がニッと笑った。

「ええ。おかげさまで」

「今日はいい天気になりそうですよ」

まぶしそうに目を細めて空を見上げる杉野。それにならって、私も頭上を見上げた。キャンプサイトの樹々の梢《こずえ》がシルエットになり、その上に、すっきりと晴れ上がった水色の空が見えていた。

きらきらと鮮碧《せんぺき》に映える琵琶湖——。その湖面を滑ってきた風は木綿のやわらかさで、さらりと私の襟元を撫でていく。

「倉島さん、昨日のコーヒーのお礼ってわけじゃないんですけど、コンビニで色々と買ってきたんで、よかったら」

テーブルの上には、野菜ジュースと惣菜パン、おにぎりが無造作に置かれていた。

「なんだか、かえって恐縮です」

「私一人では食べ切れないんで。倉島さんが一緒に食べてくれないともったいないから、協力してください」

杉野の気の利いた台詞に、私は後頭部を掻きながら小さく会釈をした。

「では、ありがたく……」


朝食を終えると、私はまた二人分のコーヒーをドリップした。

「いい香りのコーヒーだ。倉島さん、今日はどちらへ？」

美味そうにブラックのコーヒーを啜って、杉野が訊ねてきた。

「実は、少し、寄り道をしてみようかと思っています」

「と言いますと？」

昨夜、粉骨をしながら、ふと洋子との思い出の地を訪れてみようと思ったのだった。

「兵庫県の山奥にある、竹田城跡に寄ってみようかと」

「竹田城……と、いいますと、たしか、日本のマチュピチュなんて言われている――」

「ええ、そこです」

「山の頂上にあって、雲海の上に浮かぶように、石垣だけがそびえているんですよね。昔、テレビで見たことがありますよ」

「いつも雲海があるわけじゃないそうですけど」

「倉島さんは、歴史がお好きなんですか？」

「いえ、そうでもないんですが……」

私はつい照れ臭そうな仕種をしてしまったようで、杉野が見事にこちらの心を読み取った。

「じゃあ、奥さんとの思い出の地を巡礼するとか？」

「まあ……、そんな、ところです」

照れ隠しに、私はコーヒーを啜った。

杉野は煙草をくわえて、のんびりと火を点ける。うまそうに紫煙を吸い込むと、私に煙がかからない方向に「ふう」と吐き出した。

「竹田城跡ってのは、いいところですか？」

「ええ。なかなか感動的でした」

杉野は「そうですか、なるほど」と言って、少し考えるような顔でコーヒーを啜った。湖面にきらきらと反射する朝の光が揺れながら杉野の顔をまだら模様に光らせていた。

「鶲《ひたき》また一羽となればしきり啼《な》く」

「山頭火、ですね？」

私が訊ねると、杉野は「馬鹿の一つ覚えです」と言って笑った。

「どういう意味の句なんですか？」

「一羽になるのは淋しいから、もう一日だけ、倉島さんのお伴をしたいな、という意味です」

え……？

私は、杉野の顔を見た。冗談めかしたような物言いではあったが、表情は至ってまじめだった。

「竹田城、私も見てみたいんですけど、駄目ですかね」

人さし指で、ぽりぽりとこめかみを搔く杉野を見ていたら、なんだかそんな展開も悪くない気がしてきた。

「私は、かまいませんが」

「ありがたい。今日は鶲にならずに済みました」

杉野は煙草のヤニで汚れた黄色い前歯を見せて笑った。

あなたは籠のなかの鳥じゃないんだから、もっと自由に羽を伸ばしたら――？

洋子の台詞を思い出す。

こんなふうに、行き当たりばったりに、流れのままに生きてみるのもいいよな、洋子？

「よし、そうと決まったら、ぼちぼち旅支度をしますか」

杉野が言って、立ち上がった。

私も残りのコーヒーを飲み干して、立ち上がる。

「六十路《むそじ》を過ぎれば、ますます日々は短くなる。色々と急がないと」

「それも、山頭火ですか？」

「え？」

「……？」

「いや、これは、ただ私が思ったことを言っただけです」

「山頭火、みたいでした」

「いやぁ、なんとも、お恥ずかしい。アハハ……」

杉野が照れ臭そうにもじもじしたのを見て、私もつい声を出して笑ってしまった。

湖畔にやさしい風が吹いて、頭上の梢を揺らした。

さわさわと心地よい音がする。

私はその音を、透明なシャワーのように全身に浴びていた。両手を広げたいような気分だった。

ふと、昨日まで暮らしていた刑務所の官舎を憶った。なぜだろう、その暮らしが、不思議なくらい遠い過去のもののように感じられるのだった。

◇　◇　◇

私と杉野はそれぞれの車でキャンプ場を後にした。

琵琶湖大橋を渡り、国道一六一号線を経由して名神高速道路へ。さらに吹田ジャンクションで中国自動車道に乗り換えて走り、神戸ジャンクションを経て舞鶴若狭自動車道で一気に北上していく。

春日インターで高速を降りてからは、山間の一般道をのんびりと走った。私は時々ルームミラーをチェックして、後ろに杉野が付いてきていることを確認した。杉野はいまどき珍しく携帯電話を持っていないというので、途中ではぐれないよう注意が必要だったのだ。

朝来《あさご》市にあるＪＲ播但《ばんたん》線の竹田駅の観光案内所に立ち寄り、竹田城跡のパンフレットをもらった。私たちはその地図を頼りに、車で急峻《きゅうしゅん》な坂道を登っていった。

やがて山奥の駐車場に着くと、杉野が車から降りてくるなり言った。

「いやあ、最後はものすごい坂道でしたね。私の車は、うんうん唸ってましたよ」

「私も久し振りなんで、こんなに急な坂だったかなと……」

竹田城跡は、この駐車場から山道を十五分ほど登ったところにある。

とりあえず私たちは、公衆トイレで並んで小便をし、それから自販機でペットボトルのお茶を買った。

駐車場のまわりは濃密な樹々に囲まれていたが、照りつける陽光は盛夏のように暴力的で、蒸し暑い空気が地面からゆらゆらと立ちのぼっていた。

自販機の隣には、ふたつの看板があった。

ひとつは、「熊に注意」とある。八月十日にこの先の登山道で熊の目撃情報があったとのことだった。ほぼひと月半ほど前の目撃だが、油断はしない方がいいかも知れない。

もうひとつの看板は――。

「車上荒らしに注意、らしいですよ」

眉根を寄せて、杉野が言った。

「ずいぶんと観光客が出入りしていますけどね……」

駐車場をパッと見渡しただけで、すでに十数人の姿があった。駐車場も二十台以上は埋まっている。こんなところで、どうやって車上荒らしをするのだろうか。

「我々の車は、人が行き来するトイレのすぐ前に停めてありますから、まず狙われませんよ」

　そう言って杉野はさっと駐車場を見渡すと、さらに続けた。

「だいたい、ああいう車が狙われるんです。ほら、一台だけ白い車が奥の方にぽつんと停めてあるでしょう。トイレや自販機とは反対側の、いちばん奥は、人はほとんど見ないもんですからね」

「なるほど……」

　私は感心して頷いた。杉野の意見はもっともだ。

「でも、まあ、車上荒らしだなんて、物騒な話ですね」

「まったくです」

「我々はせいぜい熊に出くわさないことを祈りつつ、登りましょうか」

　杉野が冗談めかして言って、山道の入口の大手門を指差した。

「そうですね」

　大手門は「竹田城山門」の看板が掛けられた立派な四脚門《しきゃくもん》だった。門の手前に設置された箱には、たくさんの竹の杖が立ててあり、誰でも自由に借りていいことになっている。

「杖は、必要ですかかね？」

　はじめての杉野が少し心配そうに言ったが、私は「十五分で着きますから、大丈夫でしょう」と答えた。

大手門をくぐってからしばらくの間はアスファルトの舗装路が続いた。傾斜は急で、道の両側からは密集した樹々がせり出し、ほとんど樹木のトンネルのなかを歩くようだった。季節外れの蟬時雨《せみしぐれ》が頭上から降り注ぐと、それが蒸し暑さを倍増させた。

数分歩くとアスファルトは切れ、未舗装の階段になった。すでに杉野は「ふぅ、ふぅ」と呼吸を乱しながら、額から汗を流しはじめていた。

「大丈夫ですか？」

杖はいらないと言ってしまった手前、何となく責任を感じてしまう。

「ええ、まあ、なんとか。倉島さんは健脚ですね」

「それほどでも……」

立ち止まった私たちを、七十歳は超えていそうな老夫婦がすいすいと追い抜いていく。

「いつも歩いていないと足が言うことを聞かない――。って、これは山頭火じゃないですよ」

「ええ、今度のはわかりました」

「でしょうね」

二人でくすくす笑い合いながら、買ったばかりのお茶を飲んだ。

少しばかり休憩をとってから、さらにえっちらおっちら登っていくと、ようやく石垣の一部が見えてきた。

「おお。これは、なんとも……」

杉野が感嘆して、その石垣の迫力に目を丸くした。

「まだまだです。ここから先がいいんです」

私は「頑張りましょう」と杉野を鼓舞して、先へ、先へと、石垣に囲まれた竹田城跡のなかを登っていった。

城内は芝の公園のような緑の広がりで、一歩足を踏み出すごとに無数のバッタが、カチカチ、と乾いた羽音を立てて飛び上がる。

「昔は、ここに……、し、城が、あったん、ですよね……はあ、はあ」

前を行く私の背中に、苦しそうな杉野の声がかかる。

「ええ。想像するとロマンを感じます」

「うわ、この、見晴らしは、また……、すごいなぁ」

竹田城跡は山のてっぺんに造られている。

だから石垣の上に立てば、遥か下方に、町並みや山並みを一望に見晴《みは》るかせるのだ。周囲の観光客のほとんどは老人だったが、みな、それぞれ手にしたカメラで、この雄大な風景を撮影していた。

城内には桜の木が多く植えられていた。春のシーズンともなれば、満開の桜と雄大な眺望をあわせた桃源郷のような光景が展開されるに違いない。想像しただけで、ため息がもれそうだった。

私たちは、ふうふう言いながらも、大手虎口から北千畳、三の丸、二の丸と石段を登り続け、ようやく本丸天守のすぐ下にまで辿り着いた。

「いやあ……、最後は、梯子《はしご》ですか……はあ、はあ」

天守へは階段ではなく、丸太で組んだ梯子をよじ登っていくのだ。

「杉野さん、行けますか？」

「ええ、ここまで来たら……はあ、行きますよ、はあ、はあ」

私が先に梯子を登った。すぐ後から杉野が登ってくる。

そして、ようやく私たちは天守に立った。

山のてっぺんの、さらにその上の城趾のてっぺんからの眺望は、さすがに格別だった。

「ふうー、着いたか。はあ、はあ、はあ」杉野は両手を青空に突き出して満面の笑みを浮かべた。「しかし、これは……本当に、日本の、はあ、マチュピチュですね、はあ、はあ」

おでこに右手をあてて、杉野は三六〇度ぐるりと見渡した。

駅でもらったパンフレットによれば、ここは標高三五三・七メートルあるらしい。秋から春にかけては、雲海に浮かぶ城のように見えるとあるのだが、かつて洋子とここを訪れたときも、残念ながら雲海は出ていなかった。しかし、今日のようにコバルトブルーの空と蒼い山並みの見事なコントラストは、当時の印象とまったく変わらなかった。

本丸から、南千畳を見下ろした。

そこは石垣に囲まれた、広々とした緑の広がりだ。

私のなかに十五年前の照れ臭いシーンが甦ってくる。

「倉島さん、ほら、気持ちいいですよ」

ふと背後を見ると、杉野が芝生の上で仰向けに寝転んでいた。まわりには観光客たちがちらほらいるのだが、そんなことはおかまいなしで、しみじみ満足そうな顔をして空を見上げている。

「ほら、倉島さんも、早く。こうしていると天下を取った気分になれますから」

籠のなかの鳥は、もう卒業した――。

「では、お隣に失礼して……」

私もごろんと仰向けに寝転がった。

背中にあたる芝生がちくちくするが、ひんやり冷たくて心地よくもある。両手を頭の下に組んで、空を眺めた。ころころとよく太った羊雲たちが、気持ちよさげに浮かんでいる。

「うれしいこともかなしいことも草しげる」

杉野が空に向かってつぶやいた。

「それは……」

「今度こそ、山頭火です」

ははは、と、六十路を超えた男二人が笑った。

「いい句ですね」

「でしょう。奥さんの思い出、甦りましたか?」

空を見たまま、杉野が言った。

「ええ。昨日のことのように」

「そうですか。うん、それはよかった」

十五年前——。

当時、岡山刑務所に勤めていた私は、洋子と出会い、この竹田城跡の南千畳で開かれた野外コンサートに招かれたのだった。

特設ステージの上で童謡を唄う洋子は、ほとんど直視できないほどに輝いていて、私は熱に浮かされたようにぼうっとしたまま、最後列からそのステージを眺めていた。

あの雲の上の歌姫に、私は昨日、本当にプロポーズをしてしまったのだろうか。どう考えても、分不相応ではないか――。そんな思いがこみ上げてきて、結婚を承諾されたことが幻であったようにすら思えた。だから、こっそり頰をつねったりしながら、洋子のステージをぼんやりと眺めていたのだ。

「で、どんな思い出だったんです？」

相変わらず杉野は、飄々とした口調だ。

「プロポーズをしました。まさに、この場所で」

「おお……」

空を眺めていた杉野が、こちらを振り向いたのがわかった。私は照れ臭くて、ちょうど真上にさしかかった羊雲を見詰めていた。

「こんなに素晴らしいところで」

「分不相応だと、自分では思っていたんですが」

「でも、受け入れられた」

「ええ、まあ……」

ヒュウ、と杉野が口笛を吹いた。六十路を超えた男にしては、やることがキザだ。

「倉島さん、傷心旅行ってわけですね」

「いえ、そうではなくて……」

どう説明したものか、一瞬だけ迷った。だが、何となく、この男には話してもいいような気がした。つい昨日出会ったばかりの、素性も知れぬ、この不思議な男に――。

「妻の遺言を果たす旅なんです」

「遺言？」

「ええ。生まれ故郷の海に、散骨してやるんです」

「散骨……、だったとは」

私は答えず、散骨か……と、胸裡でつぶやいていた。

「助手席の鞄は」

「ええ。骨壺が入っています」

昨夜、金槌で洋子の遺骨を叩き潰したその後に、すり鉢で丁寧に粉骨していたときの感触がリアルに甦ってくる。

ぞりぞりぞりぞり……。

すり鉢とすりこぎと遺骨の欠片が擦れ合う音。洋子の骨が灰色がかった白い粉になっていくときの、切ない感触と、なんとも言えない神聖な骨の匂い。

「倉島さん、身よりは？」

「ありません」

「やっぱり。そういう感じがします」

「…………」

どういう意味だろう。私は孤独な雰囲気を醸し出しているのだろうか。

「でも、奥さん、優しい人だったでしょう」

「え？」

そこで杉野は「よっこいしょ」と上半身を起こし、あぐらをかいて、こちらを向いた。

「ひとりとなれば仰がるゝ空の青さかな」

「…………」

「数ある山頭火の句のなかでも、私の大好きな句のひとつです。まさに、いまの倉島さんだ。青い空を仰いでいる」

私は黙って、その句の意味を憶った。

《ひとりとなれば仰がるゝ空の青さかな》

淋しいが、しかし、自由なイメージの広がる句だ。

頭上に浮かんでいた羊雲が、ゆっくりと東へ移動していった。その下を、小さな鳥の群れがシルエットになってさっと横切っていく。

「杉野さん、この句の意味は……」

私も上半身を起こして、訊ねた。すると、杉野は少しまぶしそうな目で微笑みながら、まっすぐに私を見た。

「山頭火の句は、受け取る人間の自由でいいんです。倉島さんには、倉島さんなりの解釈があればいい。ですから、私の解釈なんて、話しても意味がないんですよ」

「…………」

どう答えていいものか、迷っていると、ふたたび杉野が愉快そうな顔をした。

「なんてね。実は、句の意味を理解していない私の言い訳です」

自分で言って自分で吹き出した杉野は、手にしていたペットボトルのお茶をごくごくと飲みはじめた。私もつられて、お茶を飲んだ。渇いていた喉に、冷たいお茶が心地いい。たっぷり飲んだあと、ペットボトルのフタを締めながら私は言った。

「優しい人でしたよ」

喉を潤したばかりだというのに、その声は少しかすれていた。

「え……？」

杉野がこちらを見た気配があったが、私はボトルのフタを見下ろしたまま続けた。

「妻は、優しい人でした。読書家で物知りだったので、私は色々なことを教えてもらいました」

「ほう」

杉野は黙って次の言葉を待っていた。私はリビングの椅子に腰掛けて文庫本を読んでいるときの洋子の横顔を思い出しながら、ゆっくりと懐かしい言葉を口にした。

「他人と過去は変えられないけれど、自分と未来は変えられる」

「…………」

「妻の、座右の銘です」

私は鼻を掻きながら照れ笑いをしていたのだが、杉野は珍しく口を閉じたまま、何か考え込むような顔をしていた。

「それと、もうひとつ。人生には賞味期限がない――なんて、よく言ってました」

山の斜面を心地よい風が吹き上がってくる。

一匹のバッタがカチカチと羽音を立てて飛び立った。

「ふう……」

杉野は、ため息を声にすると、何か吹っ切れたように顔をあげた。

「いい奥さんだ、本当に」

「不器用で、つまらない失敗ばかりしている私を見ていられなくて、そういう言葉を教えてくれたんです、きっと」

「ははは……。倉島さん、たしかに不器用そうですからね」

「やっぱり、そう見えますか」

杉野は、わざとらしく「うん」と、大きく頷いてみせた。

くすくすと、二人で笑い合う。

と、ふいに、私たちのいる芝生が暗転した。

遠くにあった羊雲が流れてきて、陽光をさえぎったのだ。

「長崎か——。まだまだ先ですね」

遠い山並みを眺めて、杉野が感慨深げに言う。

「ええ。でも、なんだか、長崎が遠くてよかったです」

「え?」

「旅は、愉しいです」

あ、いま、自分は本音を口にした——。そう思ったとき、杉野が屈託のない笑みを見せた。

「いいな、倉島さん」

「え、なんで、です？」

「何となく、です」

「…………」

頭の上の羊雲がさらに移動して、私たちはふたたび夏のような陽光に炙《あぶ》られた。

「さて、と……」

杉野がそう言ったのを合図に、私たちはゆっくりと立ち上がった。

尻についた芝生をはたいて、遥か下方の町並みを見下ろす。

小さな漁師町、薄香か――。

未だ見ぬ洋子の故郷を憶って、私も「ふう」とため息を声にしたが、それは羊雲のように
ふわりとして軽やかだった。

第四章　嘘つきの果実

　汗をかきつつ竹田城跡を下りた私と杉野は、播但連絡道路に乗って一気に南下し、瀬戸内海方面に向かった。

　姫路市街のファミリーレストランに入ったのは午後一時ちょうどで、早起きをしたわりにやや遅めのランチだったせいか、あるいは竹田城跡でたっぷり運動をしたせいか、私も杉野もヴォリュームのある日替わりランチをペロリと平らげた。

　杉野が、少し決まり悪そうな顔でしゃべりだしたのは、食後に頼んだコーヒーのお替わりを飲んでいるときのことだった。

「ねえ、倉島さん」

「はい」

「ファミレスでご飯を食べて、ハイ、サヨナラってのもナンですから……」

「…………」

「もうしばらく、倉島さんの金魚の糞《ふん》をやらせていただいてもいいですかね？」

「金魚の糞だなんて」思わず小さく吹き出した。「私はただ西へ向かうだけですけど、杉野さんがよろしければ、喜んで」

杉野は少しほっとしたように笑うと、コーヒーカップを目の高さまで上げて、乾杯の仕種をしてみせた。

「じゃあ、遠慮なく、金魚の糞をやらせていただきます」

ランチの会計は杉野が持ってくれた。私が出そうとしたのだが、竹田城跡に連れて行ってくれたお礼だと言って譲らなかったのだ。

駐車場に出て、それぞれの車に乗り込み、エンジンをかけた。私は隣に駐車していた杉野に目配せをして、出発の合図をした。

と、そのときだった。

コツコツコツ。

助手席の窓を誰かが叩いた。

振り向くと、三十代なかばとおぼしき青年が、慌てた様子で何かを訴えかけている。

私はウインドウを下ろして、訊ねた。

「どうされました？」

すると男は少しホッとしたように表情を緩ませた。

「お急ぎのところ、すみません。バッテリーケーブル、お持ちじゃないですか？」

「バッテリーケーブル？」

「ええ。車のエンジンが、かからなくなってしまって」

バッテリーケーブルなら積んでいる。

「ありますよ。お車はどちらで？」

「うわあ、よかったぁ。僕の車はあっちです」

青年は、にっこりと人好きのする笑顔を浮かべた。

私は運転席側のウインドウも下ろした。それを見た杉野も、首をかしげながら、こちら側のウインドウを下ろす。

「どうしました？」

「なんだか、バッテリーがあがってしまったようで。いま、ケーブルをつないであげようと思いますんで、少し待っていてもらえますか」

「ええ、もちろん」

私はルームミラーに視線を送った。後ろで青年が「こっちです」と手招きをしている。ちょうど駐車場の反対側に停めていたようだ。私はギアをバックに入れて、そちらへゆっくりと移動していった。

青年の車は白いバンだった。ボディには赤い文字で「イカめしの前田食品」と書かれ、さらに劇画タッチのイカの絵のまわりを稲穂が丸く囲んだロゴマークも描かれている。

私は、そのバンの隣に車を停めて、バッテリーケーブルをつないでやった。しかし、いくら青年がキーをひねっても、エンジンはピクリとも動かない。

「ああ、駄目だ……。バッテリーが原因じゃないのか」

青年は眉を八の字にしてこちらを見た。目が、「どうしたらいいでしょう……」と言っている。

「JAFでも呼びますか？」

「ええ、でも……」腕時計に視線を落として、「参ったな。修理を待ってたら間に合わないな」と困り果てた顔をする。

「お急ぎなんですか？」

「ええ。急いで広島まで行かないと、仕事が……」

広島なら通り道だ。山陽自動車道をまっすぐ行って、途中で下りてやればいい。

「広島でしたら通り道なんで、送りましょうか？」

するとと青年はコロリと表情を変えて、手を叩いた。

「わ、本当ですか。すごく助かります！」

あまりにも天真爛漫《てんしんらんまん》な笑顔を向けられて、なんだかこちらが気恥ずかしくなる。

青年は自分の加入している損保会社のロードサービスに連絡をして、車を取りに来るよう依頼した。そして、そそくさとバンの後部ドアを開けたと思ったら、なかの荷物をさっさと私の車に移し替えはじめた。

「いいなあ、キャンピングカーなんですね。キャビンを汚さないように、ちゃんとシートを敷きますんで」

「あ、ああ……すみません」

なぜか、私が謝っている。

青年は、大きな釜《かま》やら、クーラーボックスやら、ポリタンクに入った黒い液体など、さまざまな荷物をせっせと運んでいく。気づけば、なんとなくその場の流れで、私も積み替えの作業を手伝っていた。

「この道具は、イカめしを作るための？」

「はい、そうです」

「色々な道具が必要なんですね」

「ええ。たくさんあって結構たいへんそうでしょ」と言って青年は、少し悪戯っぽい顔をした。「本当のことを言うと、このエルグランドだったら、万一のときに荷物が載るからいいなって思って、声をかけたんです。まさか、キャンピングカーになってるとは思いませんでしたけど」

「………………」

つまり、最初から私に送ってもらうことを期待していた、ということだ。なんとも調子のいい男ではあるが、しゃべり方がはきはきして気持ちいいうえに、笑顔に屈託がないから、どうにも憎めないタイプのようだった。

「あ、すみません。それは横にして積まないでください。なかに入っている液体がこぼれるんで」

「え？　ああ、すみません……」

また、私が謝っている。いつの間にか、すっかり青年のペースに巻き込まれていたが、なんだかそんな自分が少しおかしくて、こういうのもありかな、と思ってみる。

やがて杉野が怪訝そうな顔をして歩いてきた。

「いったい、何をしてるんです？」

答えたのは、青年だった。

「荷物の積み替えです。一緒に手伝ってもらえるんですか？」

啞然《あぜん》とした杉野を見て、私は苦笑してしまった。

◇　◇　◇

中国自動車道を西へと進んだ。時折、ルームミラーで、後ろに杉野が付いてきているかどうかを確認しながらの走行だ。

青年のいう目的地は、ＪＲ広島駅前にある「福乃屋」という百貨店だった。そこの催事場で、明日から地方物産展が催され、それに出店するための下準備を今日中に終わらせなければならないらしい。

「あ、申し遅れましたが、僕は北海道の前田食品の田宮と言います」

助手席から名刺を手渡された。私は運転をしながら、ちらりとその名刺に視線を落とした。バンのボディに描かれていたロゴマークと、「東京支社　営業二課長　田宮佑司」と書かれている。

「駅弁の実演販売をしているんです」

「実演販売？　駅弁を、ですか？」

「ええ。うちのイカめし弁当、売上げの九割は駅の立ち売りじゃなくて、物産展やイベントでの実演販売なんです」

「へえ、そうなんですか」

「それにしても、本当に助かりました。一緒に回っていた者の身内に不幸があって、北海道に帰したところだったんです。今晩から仕込みをしないと、明日の出店に間に合わなくて」

「そこに、都合よく私の大きな車があったと」

少しばかり皮肉を込めて言ったのだが、田宮という青年にはまったくこたえないようだった。

「そうなんですよ。いやあ、ラッキーでした。私は客商売ですから、人を見る目はあるつもりです。倉島さん、でしたっけ？」

「ええ」

「倉島さんのことは、パッと見た瞬間に、助けてくれるタイプだなってわかりました」

なんと、調子のいい……。私は苦笑いをしつつ、少しアクセルを踏み込んだ。

「でも……、もう一人の、杉野さん、でしたっけ？」

「ええ」

「あの人は、ちょっとワケありっぽいですね。お友達なんですか？」

「友達……というか」ここで言葉を探してしまう自分が、あまり好きではないな、と思いながら、正直に答えた。「昨日、たまたま旅の途中で出会った人です」

「じゃあ、やっぱり、友達ってワケでもないんですね。倉島さんとは雰囲気がそぐわないですもん」

そう言われて、私の脳裏に杉野の顔がちらついた。琵琶湖畔で朝食を買って待っていてくれたときの表情、山頭火の句を口にするときの目を閉じた横顔、竹田城跡の天守で仰向けに寝転がっていた心地よさそうな顔、そして、ついさっき「金魚の糞」と自分を言っていた照れ臭そうな笑み。

「やっぱり、一日でも――」

「え？」

「一日でも、一緒にいると、友達みたいなものですよ」

「…………」

助手席の田宮は、ちょっと意外そうな顔でこちらを見たようだったが、私は黙って前を向いたまま運転をしていた。

「一日でも、友達か――。いいですね、そういうの。でも、倉島さん、念のため気をつけてくださいね。あの人、なんとなく、堅気じゃない空気を発してる気がするんですよ」

私は前を向いたまま曖昧に頷いた。田宮というこの青年、本当に人を見る目があるようだ。凜。

ふいに洋子の風鈴が鳴った。

「ん、風鈴？　気がつかなかったな。いい音色ですね」

田宮が後ろを振り返った。

私はルームミラーを見て、杉野の車がいるかどうか確認をした。しっかり付いてきている。

堅気じゃない、か——。

私は「友達みたいなもの」と言った男の素性を、まだほとんど知らないことにあらためて気づかされていた。

◇　◇　◇

広島駅前の百貨店「福乃屋」に到着したとき、すでに時計の針は午後五時をさしていた。

私は大きなビルの裏手の搬入口に車を誘導され、指定された駐車スペースに前向きに停めた。

そして、積んでいた荷物を八階の催事場へと運ぶのを手伝った。ただし、腰痛持ちだから、軽いものに限らせてもらった。杉野も手伝ってはくれたのだが、田宮が少し離れた隙に、私にだけ聞こえる声でぼそっとこぼした。

「ホント、倉島さんも人がいい」

「すみません。なんとなく、流れで……」

「ま、そういうところが、いいんですけど」

杉野はポンと私の背中を叩いて苦笑すると、私が手にした荷物よりも重たい荷物を運んでいった。そんなところがすでに「友達」のようで、私はなんだか理由のわからない軽やかなため息をついてしまった。

催事場ではすでに全国の有名店の職人たちが各々のブースを設営し、仕込みを行っていた。田宮はずいぶんと顔が広いようで、あちこちの職人たちから声をかけられては、どーも、どーも、と笑顔を振りまいている。

田宮のブースには、私たちが運んだ荷物とは別の荷物もたくさん届いていて、段ボール箱が山積みになっていた。

「普通は本社から、こうやって必要な資材はすべて送られてくるんです。今日みたいに車で運ぶのって、実はあんまりないことなんですよ」

言いながらてきぱきと資材のチェックをしはじめる。

その横顔を見て、プロだな、と感心してしまう。さっきまでの天真爛漫で調子のいい青年の顔と比べると別人のようだ。

「大変なんですね。実演販売の裏側なんて、はじめて見ました」

「まあ、そうですね。でも、出来立てをお出しして、お客さんが喜んでくださるのを見るのが僕の仕事ですし、それが喜びですから」

プロらしい言葉に感心していると、隣に立っていた杉野が口を開いた。

「いいな、そういう台詞。俺も何か手伝おうか？」

「え？」

「え？」

私と田宮は声をそろえて杉野を見た。杉野は例によって照れ臭そうな顔をすると、ぼそりと言った。

「それもよからう草が咲いてゐる」

「え……、何です、それ」

田宮がきょとんとして首を傾けた。

「種田山頭火ですよ」と、私。

「タネダ？　誰です、それ」

「知らないなら、いい」

杉野は苦虫を嚙み潰したような顔をしたが、すぐに私を見て「ぷっ」と吹き出した。

「とにかく、助かります。僕はここでブースをセッティングしますんで、お二人にはバックヤードの調理場で、米研ぎと、冷凍イカの解凍と水洗いをお願いしちゃっていいですかね？」

「最近の若い奴ってのは、遠慮って言葉を知らないのかね」

杉野が苦笑しながら言うと、田宮は屈託なく笑って答えた。

「タネダナントカよりは、よく知ってますよ」

三人で吹き出した。

田宮に案内されてバックヤードに入ると、左手の奥に大きなシンクの並ぶ調理場があった。台車に積んだ米と冷凍イカを押して、空いたシンクの前に付けたとき、ふいに田宮が傍らにいたエプロン姿の男に声をかけた。

「あれ、南原さん、もういたんだ」

南原と呼ばれた男は、何気ない顔でこちらを振り向いた。

「課長、遅かったですね」

野太い声を出した男は、百八十センチはありそうな長身に、長年の日焼けが定着したような茶色い顔をしていた。よく見ると、右の眉の中央に、縦一文字に傷痕があり、そこだけ眉毛が生えていない。

「姫路で車が故障しちゃって」

南原は見たところ五十路《いそじ》を過ぎているようだが、やりとりを見ている限り、上司はどうやら三十代の田宮らしい。

「課長、あの……この方たちは？」

「ああ、倉島さんと、その友達の杉野さん。姫路からここまで資材を運んでくれた恩人ですよ」

私の「友達」と紹介された杉野は、少し面映そうな横顔をしていたが、満更でもなさそうだ。

「で？」

「お二人にも、手伝ってもらおうかと」

「はっ？」

南原は私と杉野を見て、固まっている。

「いや、もしも、お邪魔でしたら、私たちはこれで……」

私の言葉を最後まで聞かずに、田宮が声をかぶせた。

「いいのいいの、たくさんいた方が効率もいいんだから。ね、南原さんは米研ぎ、倉島さんと杉野さんはイカ洗いをお願いします。時間もないし、南原さん、手早く教えてあげてください。僕は急いでブースを作っちゃうから」

「はあ……」

私たち三人をバックヤードに残して、田宮はさっさと消えてしまった。南原は傷痕のある眉をぽりぽりと掻くと、私と杉野を見た。

「あの、本当にいいんですか？　バイト代とか、出ないと思いますが」

流れなので——と答えようと思ったら、横から杉野の声がした。

「それもよからう草が咲いてゐる」

「…………」

呆然としている南原に、私が声をかけた。

「種田山頭火の句です。なんとなく、流れでこうなったので、お手伝いさせてください」

「はあ……」

南原はぽかんとした顔で、小さく頷いた。

◇　◇　◇

息つく間もないような大忙しで、なんとか予定時間内にイカめしの仕込みを終えたあと、四人で近くのビジネスホテルにチェックインした。田宮が気を利かせて私と杉野の部屋もとってくれたのだ。

時刻はすでに午後九時に迫っていた。

正直、私も杉野も、かがんだ姿勢で三千杯ものイカを洗い続けたせいで腰にきていたのだが、精一杯の肉体労働をしたことで、心地よい疲労感を味わってもいた。

「じゃあ、各自、荷物を自分の部屋に置いたら、すぐにこのロビーに集合ってことで。今夜はお二人に助けていただいたので、みんなで経費で飲んじゃいましょう」

田宮がひとり満面の笑顔ではしゃぐように言った。

それから十五分後にはもう、私たちは全国チェーンの安居酒屋で生ビールのジョッキを手にしていた。

乾杯の音頭は、課長の田宮がとった。

「今日は本当に、お二人のおかげで助かりました。庶民の居酒屋で恐縮ですが、どんどん飲んで食べてください。で、もしも、お二人がよかったら、明日もお手伝いを？」

田宮が冗談を言って、私と杉野は笑ったが、南原は笑わなかった。

「課長は本気で言ってるんです。倉島さん、杉野さん、ちゃんと断った方がいいですよ」

生真面目な南原の言葉に「まさか」と思って、私と杉野は田宮を見た。田宮はジョッキを掲げたまま、無邪気な顔でにこにこ笑っている。

「どうです？　お手伝い、してみませんか？」

「おいおい、冗談はよしてくれよ」

杉野が顔の前で手を振り、それを見た田宮が「あ、やっぱり？　残念だな」と言って笑った。どうやら本当に冗談ではなかったようだ。

「では、私と南原の二人で明日は三千杯のイカを必ず売りさばきます。その仕込みをがっつり手伝ってくださった倉島さんと杉野さんの、これからの旅が素晴らしいものになることを祈念して、乾杯！」

「乾杯！」

みんなでジョッキをゴツゴツとぶつけ合った。

「……ふぅ、美味い」

喉を鳴らした私は、思わずつぶやいてしまった。労働の後のビールは、やはりひと味違う。杉野も、田宮も、幸せそうな顔で飲んでいる。鉄仮面だった南原でさえも、表情がほぐれたように見える。

「そういえば、倉島さんは、どんなお仕事をされていたんですか？」

ジョッキを置いた田宮がお通しの枝豆をつまみながら言う。

「私は、公務員を……」

「ああ、言われてみれば、そんな雰囲気ですね。杉野さんは？」

話を振られた杉野は、ほんの一瞬だけ複雑な表情を浮かべたが、メニューに視線を落としたまま、気のない口調で「国語教師」と答えた。

「へえ。国語っていうと――」

田宮が意外そうな顔をして、さらに杉野を追及しそうだったので、私は逆に田宮に質問をし返した。

「ええと……、お二人は、このお仕事は、長いんですか？」

「え？　僕はですね――」田宮は指折り数えて「十四年目です」

「私は、まだ四年目です」南原も答えた。

「会社では、僕が一応は先輩なんですよ。南原さんと組むのは久し振りですよね？」

「課長とは、半年ぶりくらいです」

「南原さんって、この仕事をしてて、空き時間に観光とかしたことってあります？　僕は全然ないんですけど」

「ないです。いつも余裕がなくて」

「ですよね。倉島さんたちは、それぞれキャンピングカーで旅をされているんですよ。羨《うらや》ましいですよねぇ」

田宮は一人で遠い目をしてビールをあおり、その目を私に向けた。

「倉島さん、これまで巡ったところで、どこがいちばんよかったですか？」

「え……。ええと、実は、まだ富山を出発して二日目でして……。目的地は、長崎の平戸ってところなんですが」

このとき、枝豆を口にしようとしていた南原の手がピタリと止まり、私をまじまじと見詰めてきた。何か話すのだろうか——と、私は待っていたのだが、しかし、南原はそのままっと視線を落として、何事もなかったかのように枝豆を食べはじめた。その動作が妙に不自然で、私は少し気になったのだが、田宮の携帯電話が鳴りだしたことで、それもうやむやになった。

「あ、会社からだ。ちょっとすみません、外します」

田宮は電波のつながりやすい店の外へと出ていった。

座に、沈黙が下りた。残された三人はそれぞれジョッキやつまみを口にして、尻の落ち着かない間をやりすごした。沈黙を破ったのは、南原だった。

「倉島さん、平戸は、どちらへ？」

「薄香という港町です」

傷痕のある南原の右眉が、すっとつり上がった気がした。

「……そ、そうですか。ずいぶん、遠いところまで」

私は曖昧に頷いて、南原の様子をさりげなく観察しながらジョッキを飲み干した。すぐに杉野が若い女性の店員を呼び止めて、ジョッキを四つ追加注文してくれる。

「どうして、うちの主任を送ってやろうと思ったんです？」

ふいに南原が話題を変えてきた。

「まあ……、あの強引さというか、無邪気さにやられたんだと思います」

「天真爛漫ってやつだね。ああいう男は営業向きですよ。いい仕事するでしょう」

杉野が南原に問う。

「ええ、うちのナンバーワン営業マンです。少し強引ですけど、明るくて、悪気がなくて……、なんだか憎めない人です」

「そんな感じだね」と、杉野。

「ええ」と、南原。

ふたたび座に沈黙が降りて、尻がむずがゆくなる。南原は枝豆に手を伸ばし、杉野は煙草に火を点けた。

　なんとなく、私が口を開いた。

「しかし、大変な仕事ですね。南原さんがいなかったら、私と杉野さんだけで三千杯のイカを洗うことになってました」

「洗うだけじゃなくて、課長に明日の販売も手伝わされてますよ」

「言えてる。倉島さんは、断れないタイプみたいだし」

　屈託のない田宮を思い出して、三人でくすっと笑った。

　ちょうど新たに四杯のジョッキが届けられたところで、うわさの田宮が戻ってきた。ジョッキと一緒に注文していた肴《さかな》もいくつかテーブルに並んだ。

「お、なんだか盛り上がってますね」

「課長が倉島さんを見込んだ勘がすごいって話をしてたんです」

　南原がジョッキを手渡しながら言う。

「いやあ、ホント、倉島さんでよかったですよ」

「俺も手伝ったんだけどな」

「あ、もちろん杉野さんも。お二人の仕事覚えの早さには驚きましたよ。明日の販売でも、今日の手腕を見せてくれると嬉しいなあ」

「ほら、きたでしょう」

南原が突っ込んで、三人で笑った。

田宮も「え、何がきたの？」と顔をほころばせていた。


宴たけなわになってくると、田宮が乱れはじめた。

ビールの後に冷酒を水のようにかぽかぽと飲んでいたのが効いてきたようだ。

呂律《ろれつ》が怪しくなっている上司を見て、年上の部下がやれやれという顔をする。

「課長、そろそろお開きにしましょう。もう、お二人もお疲れでしょうし」

「なーんで？　ねえ、倉島さん、もう少しだけ付き合ってくださいよぉ。二軒目に行きましょう。近くにバーとか、スナックとか、あるっしょ？」

口調は陽気だが、目が完全に据わっている。

南原は店員に水をもらい、田宮をなだめすかしながら飲ませた。冷酒を水にすり替えられた田宮は、へらへら笑いながら、「南原ちゃん、大丈夫だって。心配ないって。俺、まだ飲めるからさ」と、肩を組んで笑う。

「南原ちゃんも、杉野ちゃんも、行きましょうよぉ」

「飲み過ぎですよ、課長」

「倉島さーん、行くでしょ？」

「いい時間ですから、そろそろ帰りましょう」

「ほら、倉島さんもそう言ってます。さあ、立ってくださいよ」

南原が田宮の脇の下に腕を差し込んだとき、田宮はいきなり「触るな！」と叫んで、その腕を力一杯に振り払った。

その剣幕に三人が呆気に取られていると、田宮は急にかすれた低い声を出しはじめた。

「いま、部屋に帰っても……、淋しいだけなんですよ。ビジネスホテルって、どこも似たような部屋でしょ。朝起きたときに、自分がどこにいるのかわからなくなったりして……。そんなとき、もう、僕はどうしていいか……。南原さんだって、こんな旅ガラスの生活で、淋しくなること、あるでしょ」

南原は質問には答えなかった。ただ、黙ってふたたび田宮を立ち上がらせようとした。しかし、その手もまた振り払われた。

「聴いてくださいっ！　僕の妻はね、浮気してるんですよ。僕が留守をしている間に、僕の稼ぎで買った家のなかに、こっそり若い男を連れ込んで……、ちくしょう……」

いきなりの告白に、私たちはただ呆然としていた。

「ねえ、南原さんは、奥さんとかいないんですか？」

田宮に二の腕を握られた南原は、一瞬、言葉を詰まらせたように見えた。しかし、一拍おいてから、太く静かな声を出した。

「私は……、関係ないでしょう」

その一言で会話が途切れた。

重苦しい沈黙のなか「ふう」と大きなため息をついたのは、杉野だった。

「捨てきれない荷物のおもさまへうしろ」

山頭火だろう。さらに杉野は続けた。

「ったく、ワケありばかりが、そろっちまったな」

「いちばんワケありなのは、杉野さんじゃないんですかぁ？」

くだを巻く田宮。それを南原がたしなめる。

「課長、失礼ですよ」

しかし、杉野は平然とした顔で煙草を一本取り出すと、穏やかな口調でしゃべりだした。

「いいよ。俺はたしかにワケありだからな。酔いたい奴は酔わせとけばいいんだし。でもさ、課長さん、俺はよ、この旅でちょっといい言葉と出会ったんだよ」

杉野の低い声のトーンが、三人を黙らせていた。

そして杉野は、おもむろに煙草に火を点け、その紫煙を深く吸い込むと、煙と一緒に思いがけない台詞を口にしたのだった。

「他人と過去は変えられないが、自分と未来は変えられる――。倉島さんの奥さんの言葉だ」

「…………」

「あとな、人生には賞味期限がない――ってのもある」

杉野は隣にいる私の顔をちらりと見て、少し照れ臭そうにこめかみを掻くと、さらに続けた。

「課長さんよ、あんたはまだ若いじゃねえか。いくらだってやり直しは利くよ。俺だって――六十一歳の、こんなジジイの俺だってよ……」

そこで杉野はごくりと唾を飲み込んで、深く息を吸い込んだ。そして、どこか自分に言い聞かせるような口調で、ゆっくりと言葉を口にした。

「この旅を終えたら、人生やり直すって決めたんだからよ……」

静かに言った分だけむしろ、その言葉は荘重な響きをまとっていた。

それからしばらくは、誰も口を開けずにいた。

杉野も黙ったまま紫煙を深々と吸い込み、そして、天井に向かって「ふう」と細く吐き出した。

洋子の言葉が、杉野の心を変えていたのか――。

凛。

私の内側で、風鈴が鳴り響いた気がした。

「私の妻は……」気づけば、私の口が勝手にしゃべりだしていた。「先日、他界しました」

「……」

「故郷の海に散骨して欲しいと……。それが遺言です。いまは、その遺言を叶えるために旅をしてるんです。遺骨を助手席に乗せて」

すると、私をじっと見詰めていた南原がつぶやいた。

「薄香で、散骨、ですか……」

かすれた南原の声は、隣のテーブルの酔っぱらいたちの喚声にかき消された。

◇　◇　◇

田宮をなだめすかしながら、なんとかビジネスホテルに戻ると、私は熱めのシャワーを浴びてベッドの端に腰掛けた。ほっとして深いため息をついたら、自然と顎が出てしまう。自分が思っているよりも、身体はずいぶんと疲れているようだ。それでもまだ目は冴えていたので、テレビのリモコンを手にして深夜のニュース番組をつけた。

液晶画面のなかで女子アナウンサーが原稿を読んでいる。しかし、その声は、私の耳を右から左へと素通りしていった。

先ほどの杉野の台詞が、頭から離れないのだ。

この旅を終えたら人生をやり直す――。

いったい、どういう意味なのか。

私は部屋に備え付けのポットでお湯を沸かし、ティーバッグの緑茶をいれた。ぼんやりとした頭で、香りのない液体を口にする。

こつこつこつ。

部屋のドアを三回叩かれたのは、私が飲み干した湯呑みをテーブルに置いたときだった。

一瞬、酔っぱらった田宮があらためて誘いに来たのかとも思ったが、呂律の回らなかったあの様子からすれば、とっくにベッドに沈んでいるはずだった。

私はドアへと歩いていき、ドアスコープをそっと覗いた。廊下に立っていたのは南原だった。

チェーンを外し、ドアを開ける。

「遅くに、すみません……」

南原は小さく頭を下げた。

「あ、いえ……」

「少しだけ、よろしいですか……」

「え、ええ……。こんな格好ですが」

私はすでにホテルの浴衣《ゆかた》を着ていたのだ。

南原を部屋のなかに招き入れて、ドアを閉めた。備え付けの椅子を勧め、私はベッドの端に腰掛ける。

「ビジネスホテルって、課長の言うとおり、どこも似ていますね」

南原がぐるりと視線を巡らせて言った。

「ええ」

「さっきは課長がご迷惑をおかけして……」

「いえ。あの陽気な田宮さんが、あんなに追いつめられていたなんて、少しも気づかなかった」

「私もです……」

「彼は、素直な人ですね」

南原は「ええ」と小さく微笑むと、出来の悪い生徒を憶う教師のような目をこちらに向けた。「子供みたいに開けっぴろげで……。それが羨ましいと思ったりもします」

「わかります」

ふいに会話が途切れて、冷蔵庫のブーンという音がやけに大きく室内に響く。

そもそも私は無口な方だし、南原も同じタイプに違いない。沈黙が生じるのは当然の成り行きだった。

「あ、ええと……いま、ちょうどお湯を沸かしたところなんです。よかったら、お茶でも？」

「ああ、すみません」

私は、さっきよりも少し時間をかけてお茶をいれた。それでも、お茶は見るからに薄そうだった。

「あまり香りのないお茶でしたが……」

言いながら、湯呑みをテーブルの上に差し出した。

「ありがとうございます」

南原はどこか思い詰めたような横顔で、お茶を少しだけ啜った。そして、その湯呑みをテーブルに戻したとき、「あの……」と切り出してきた。

「倉島さん、散骨は、船で？」

「え？」

思いがけない質問に、私は少しばかり戸惑ったが、嘘をつく必要もない。

「ええ。沖にまくのがマナーだそうですので」

「船のあては？」

「まだ、ありません。妻の故郷には一度も行ったことがないので、現地に着いてから探してみるつもりです」

すると南原は着ていたシャツの胸ポケットから、丁寧に破りとったメモ用紙を一枚抜き出した。それを、私に差し出す。

「もし、船が見つからなかったら、この人に相談してみてください」

「え……」

受け取ったメモに視線を落とした。

大浦吾郎、とだけ書かれている。

紺色のボールペンで書かれたその文字は、やけに右肩上がりの、とても読み難い癖字だった。

「大浦、吾郎さん、ですか……」

「ええ。小さな漁村ですから、誰に訊いてもすぐにわかるはずです。ただ、吾郎さんはもう高齢なので、もしかすると、息子の晋也が船長をしているかも知れません」

南原は、晋也、と名前を呼び捨てにした。それほど親しい間柄なのだろうか。

「南原さん、薄香に行かれたことが？」

「ええ、まあ……。昔、釣りに行って、船を仕立ててもらっただけですが」

傷痕のある眉毛が、少し困ったように八の字になった。視線もどこか泳いでいる。どうやらこの男は嘘をつくのがあまり得意ではなさそうだった。とはいえ、何か隠しているだろうと突っ込むのも余計なお世話に思えた。

私は、とりあえず当たり障りのない対応をすることにした。

「では、ありがたく頂戴します」

「たいしたことは、できませんけど……」

「この方に、何かご伝言は？」

「いえ、とくには……」なんとなく落ち着かない様子で南原は立ち上がった。そして、小さく会釈をした。「では、私は、これで」

「あ、はい……」

「今日は、ありがとうございました。よい旅をなさってください」

「あ、いえ。こちらこそ……」

ドアを出ると、南原はもう一度だけ小さく会釈をして立ち去った。

やがて、カチ……っと、オートロックのドアが閉まる幽かな音が響いた。

私は、手のなかのメモをもう一度見た。

大浦吾郎。

この右肩上がりの四文字の癖字に、何かを託されたような気がしたのだが、それは思い過ごしだろうか……。

◇　◇　◇

翌朝、私と杉野はチェックアウト時間ぎりぎりの十時にホテルを出た。すでに田宮と南原は仕事に取りかかっているはずだ。

「お別れに、ちょいとご挨拶でもしていきますか？」

杉野の提案に、私は微笑んで頷いた。

「いいですね。お昼用に、イカめしを買っていきましょう」

福乃屋の催事場は、まだ午前中だというのにたくさんのお客でにぎわっていた。前田食品のブースに顔を出すと、すでに十数人の行列ができている。

「北海道は函館の名物、美味しい、美味しい、イカめしはいかがですかぁ！　あ、美人な奥さん、ありがとうございます。無添加の出来立てですからね、びっくりの美味しさですよ！」

田宮の明朗な声が、フロアの隅々にまで響き渡っていた。どうやら二日酔いも問題なさそうだ。ブースのなかでは、南原が無骨な手をせっせと動かしてイカめしを作っている。売り子は百貨店の若い女性が手伝っているようだった。

私と杉野は、行列のいちばん後ろに並んだ。

すぐに田宮が気づいて、笑顔のまま目配せをしてきた。

やがて順番が回ってくると、田宮は私の袖を握ってブースのなかへと引っ張り込んだ。

「えっ？　ちょっと――」

「大丈夫ですよ。手伝わせたりしませんから」

笑いながら田宮は、他のお客に見えないように背中で隠しながら、出来立てのイカめしを二パック袋に詰めて手渡してくれた。

南原も私たちに気づいて、「あ、昨日は、どうも」と会釈をするが、手は忙しく動かしたままだ。

「このイカめしはお二人への餞別《せんべつ》です」

「え、いや、ちゃんと代金は支払います。商品ですから」

「いいんです、お昼にでもどうぞ。倉島さん、本当によい旅を。杉野さんは、やり直しのよい人生を」

田宮が悪戯っぽい顔をして言った。

「なんだ、あんなに酔っぱらってたのに、しっかり覚えてんのかよ」

杉野が呆れ顔で笑った。

「覚えてますよ。ちょっと怖いですけど、僕も、自分と未来を変えてみます。イカめしと違って、人生には賞味期限がないんでしょ。最後まで味わいますよ」

「へへへっ。ったく、調子のいい兄ちゃんだよな」

杉野が肘《ひじ》で田宮の胸を軽く突《つつ》いた。

南原がそれを見て、小さく微笑む。

「では、私たちは、これで」

私が言うと、田宮が右手を差し出した。その手をしっかりと握る。顔は優男だが、働き者の分厚い手をしていた。

「明々後日《しあさって》から三日間、僕らは門司港の物産展でブースを出してますんで、もしお時間があったら寄ってください」

私は「ええ。チャンスがあったら」と言って頷いた。

南原とも握手を交わす。

「お気をつけて」

「どうも」

南原の言葉は短かったが、言葉以上にその目が何かを伝えているように見えた。昨夜もらったメモは、財布にしっかりと入れてある。

杉野も二人と照れ臭そうに握手を交わし、そして、私たちは前田食品のブースを後にした。

催事場のあるフロアからエスカレーターで降りていくときも、私たちの背中には、田宮の元気な呼び込みの声が届いていた。

「ナンバーワン営業マンかぁ……。あいつ、この先、うまくやれるといいですね」

下りのエスカレーターに乗った杉野が、前を向いたまま言った。

「大丈夫でしょう、彼なら」

私も前を向いたまま答えた。

田宮の声が、だんだん遠くなっていく。

色々あるけど頑張れよ――私は胸裡でエールを送っていた。

◇　◇　◇

瀬戸内海に沿って延びる国道をひた走る。

この辺りの道路は海に面しているところが多く、行けども行けども左手に青緑色をした海が広がっていた。波穏やかな内海にはブロッコリーのような緑色の島がぽこぽこと浮かんでいて、いくら走っても風景に飽きがこなかった。ドライブをするには心地のいい道路だ。

途中、日本三景に数えられる安芸《あき》の宮島の厳島《いつくしま》神社と、清流・錦川《にしきがわ》に架かる日本三名橋のひとつ錦帯橋《きんたいきょう》をぶらりと観光した。

やがて、太陽が西の山の端に沈みかけた頃、本州でもっとも西にある街、下関市に到達した。

私たちは関門橋のたもとにある壇ノ浦パーキングエリアに車を停め、今夜はそこで車中泊をすることにした。

「杉野さん、ほら、海が、川のようですよ」

駐車場の隅から見下ろす関門海峡は、幅が狭いうえに潮が早く、ほとんど川のように流れていた。場所によっては渦を巻いている。

「本当だ、すごいなあ。対岸の街は、門司港ですよね？」

「ええ、そうです」

鉄柵にもたれて海峡を見下ろす私たちの頭上には堂々たる関門橋が延びていて、薄暮に霞む門司の街へと続いていた。九州はもう、目と鼻の先なのだ。

やがて完全に日が落ちると、私たちの眼前に絶景が展開した。海峡の向こうの門司の街に、無数の明かりが灯り、見事な夜景が浮かび上がったのだ。

缶コーヒーを飲みながら、私たちは静かな海風に吹かれていた。

「還暦を過ぎた男同士で見る景色じゃないですね」

杉野があばた面を歪めて、にやりと笑った。

「まったくです」

私も笑う。

墨色になった関門海峡を、タタタタタタタタ……と、軽快なエンジン音を響かせて漁船が通り過ぎていく。空は薄曇りで星は出ていないが、初秋の風がやわらかな、優しい夜だった。

「倉島さん――」

「はい」

「いよいよ、明日は九州上陸ですね」

「ええ……」

ずいぶんと長い旅をしてきたような気もする。しかし、考えてみれば、まだ今夜で二泊目なのだ。

「私は、ここまでにしますよ」

「え？」

「金魚の糞は、本州でお終《しま》いってことです……」

遠い門司の夜景を見詰めたまま、杉野はあまり抑揚のない声で言った。その横顔を見たが、表情までは読み取れなかった。

「…………」

私は缶コーヒーを飲みながら、胸のなかから最適な言葉を探してみた。だが、淋しい、という気持ち以外は何もすくい上げられなかった。

「淋しいなあ」

言葉にしたのは、杉野だった。

「私も……、です」

「ちょっと照れ臭いですけど、いい出会いでした」

杉野は、過去形で言った。

そして、柵にもたれたまま、ゆっくりとこちらを振り向いた。口元には小さな笑みが浮かんでいたが、しかし、その笑みから伝わってくるのは、ある種の幽愁《ゆうしゅう》だった。だが、そんな微笑も悪くはなかった。飛騨高山の道の駅の水汲み場で出会ったときと比べると、杉野の笑みからはずいぶんと険がとれた気がするのだ。

いい出会い、か――。

嘆息しそうになったとき、ふと、洋子の顔を思い出した。

官舎の窓から差し込む夕照《せきしょう》に照らされた、オレンジ色の横顔だ。洋子はあのとき、読み終えたばかりの単行本を手にして、こんなことを言ったのだ。

「偶然のいい出会いっていうのは素敵なことが起きる予兆で、それが三つ続いたときに、驚くような奇跡が起きる――」

「…………」

「と、何かの本を読んだ妻が言っていました」

杉野は「へへっ」と小さく笑って、目を細めた。

「杉野さんとの出会いは、その一つめかも知れません」

言った後に、やけに臭い台詞だったことに気づいて、面映くなってしまった。私は照れ隠しに缶コーヒーを飲んだ。

だが杉野は何も言わず、ふたたび海峡を見下ろした。

私はそんな杉野に聞こえないように、そっとため息をつく。

また、漁船がやってきた。

今度は、二隻が連なっている。

杉野が、深く、とても長いため息をついたのは、その二隻の漁船が大きな貨物船を追い抜いていったときのことだった。

「倉島さん」

「はい」

「青森刑務所……、ご存じですよね」

私は思わず杉野を見た。しかし、杉野は水面をゆっくりと動く貨物船を見下ろしたまま、何でもないような顔をしていた。

「ええ。知ってます」

「気づいてましたか？　私のこと」

私は「途中から……」と答えたが、声がかすれてしまった。

「いつから？」

「竹田城の駐車場で……」

「私、何か言いましたっけ？」

「ああいう車が車上荒らしに狙われる、と――」

杉野はくすくすと笑いだした。

「やっぱり、人がいいな、倉島さんは」

「え……」

「気づいたのに、金魚の糞をさせてくれたんだ」

「…………」

「私ね――」少し明るめの口調になって、杉野はこちらを見た。「青森刑務所で倉島さんに木工を教わっていたとき、自分の作った物が使われて、他人様《ひとさま》に喜ばれている写真を見せてもらったんです。それから、なんだか木工がおもしろくなっちゃって……。だから、出所した後は、木工を仕事にしようとしたんです」

「…………」

「まあ、結局は、駄目でしたけどね」

杉野は後頭部を掻いて、自嘲気味に「へへっ」と笑い、告白を続けた。

「でもね、飛騨高山で倉島さんとバッタリ会って……。あのとき、何て言うんですかね……予感、というか、まだ木工を諦めんなよって、何かに言われた気がしたというか」

このとき私は、自分の無口な性格に少なからずげんなりしていた。杉野に気の利いた台詞のひとつもかけてやれない不器用さに、ため息をつきたくなっていたのだ。

「竹田城跡のてっぺんで聞いた倉島さんの奥さんの言葉、あれは効いたなぁ……」

洋子の、言葉――。

それでも私は、言葉を発することができずにいた。ただ、杉野の話を耳にしながら、天守に寝転んで見上げた羊雲と、バッタの羽音を、ぼんやりと思い出すだけだった。

「いまは、富山刑務所なんですよね？」

「ええ。嘱託ですが……」

ようやく口にした台詞が、これだった。

「富山刑務所ってのは、どんな受刑者が入るんです？」

「再犯者、暴力団……などです」

「そうですか」

「ええ」

なぜ、そんなことを訊くのだろう――と、私が考えたとき、海峡を眺める私たちの背後にいくつかの靴音が近づいてきた。その靴音は足早で、緊張感をはらませていた。

後ろを振り返ったのは、私も杉野もほぼ同時で、その刹那にはもう、四人の男たちに取り囲まれていた。

　彼らの顔を見た瞬間、私にはその職業がわかってしまった。常に犯罪者を相手にしている人間特有の匂いがしたのだ。

「ちょっと、失礼しますが――」

　四人のなかで最年長と思われる男が一歩前に出た。

「あそこに停めてある紺色のハイエースの運転手さんは、どちらです？」

　杉野と目が合った。杉野は「ふう……」と、聞こえよがしにため息をつくと、ぽろりと句を口にした。

「このみちをたどるほかない草のふかくも」

　ぽかんとしている刑事たちを見て、私は言ってやった。

「種田山頭火の句です」

「え……？」

　年長の男が、首をかしげた。だが、そのちょっとした仕種にさえ、裏側には緊張をはらませているのがわかる。おそらく、その隠された緊張感こそが、刑務所のなかで働く人間たちと同じ種類の匂いの素なのだろう。

「ハイエースの運転手は、私です」

いつもどおりの飄々とした口調で杉野が言った。

「あの車には盗難届けが出されています。それと、杉野輝夫——あなたに、車上荒らしの容疑で手配が出ています」

年長の男が落ち着いた声を出す。

「どうして、よりによって今夜なんだろうな……。せっかく明日、独りになった後、出頭しようって決めてたのによ。やれやれ、だよ……」

杉野は、あからさまに「はあ」とため息をついた。

「ねえ、倉島さん」

「…………」

「富山刑務所で、再会できますかね？」

ニッとあばた面を歪めた杉野が冗談めかして言ったが、私は何も答えられなかった。

四人の男たちが、じわじわと近づいてきた。

ぐっと緊張が高まった。

しかし、杉野は軽い口調でしゃべりだした。

「大丈夫。抵抗なんてしませんよ。なにしろ——」

私は、杉野の横顔を見た。

杉野は、刑事たちの方を見たまま、きっぱりと言った。

「私は、自分と未来を変えますから」

その台詞を耳にしたとたん、世界からいっさいの音が消え、目の前の光景がスローモーションになった気がした。

刑事たちは、杉野を取り囲んで拘束した。

杉野が完全に無抵抗だとわかると、年長の男がゆっくりと私の方にやってきて正面に立った。

「ちなみに、あなたは？」

私は――。

私は、杉野に聞こえるトーンで答えた。

「彼の友達です」

三人の男に拘束された杉野が、こちらから顔をそむけた。

そして、そのまま警察車両へと連行されていった。両腕をつかまれ、うつむいて丸くなった背中が遠くなっていく。

「杉野の友達、ですか」

「ええ」

「まあ、いずれにせよ、申し訳ありませんが、あなたも署までご同行願うことになります」

私は何も答えず、覆面パトカーの後部座席に押し込まれる杉野の姿を見詰めていた。


下関警察署はオフィス街の大通りに面していた。

　どこか近代的な病院を思わせる、白っぽいレンガ作りの六階建てだ。外灯に照らされた広い駐車場には、白と黒のツートンカラーの警察車両が何台も居並び、建物の入口の庇《ひさし》には赤い光が二つ煌々《こうこう》と点っていた。その光は、ここが警察署であることを威圧的に主張していた。

私が通されたのは一階のロビーのようなところだった。正面玄関を入ってすぐ右手に簡易の長テーブルとパイプ椅子があり、そこで色々と話を訊かれることになったのだ。ふと見上げると、天井は贅沢《ぜいたく》にも吹き抜けになっていて、隣には交通安全課と免許証の更新手続きをする窓口などがある。

私は入口正面のエレベーターの脇にある案内表示板を見た。四階に、刑事一課、二課、生活安全課という文字があった。盗難その他の被害は一課の仕事だから、恐らく杉野はその階に連行されたのだろう。

私に事情聴取をしたのは先ほどの年配の刑事で、終始きれいな敬語を使い、穏やかに対応してくれた。

そもそも私は隠すことなど何もないから、杉野との出会いから今日までの経緯《いきさつ》と、自分が何者であるかも包み隠さず話した。ただ、警察署の駐車場に車を停めたときに、ざっと車中を点検され、助手席の鞄の中身が骨壺だと気づいたときの刑事は、さすがに表情を硬くした。しかし、散骨のための旅路であることと、富山刑務所の塚本の連絡先を教えると、刑事はすぐに確認を取ったらしく、それから先、私に対する疑いのまなざしは皆無と言っていいほどになった。

「それにしても、たまたま青森刑務所で指導していた受刑者と出会ってしまうなんて、珍しいこともありますね」

「最初は、私も気づきませんでした」

「そうでしょうね。何年も前にちょっと教えただけの受刑者なんて、いちいち覚えてられませんものねえ」

いちいち、という言葉が少し引っかかりはしたが、悪気があっての発言でないことはわかる。

「で、倉島さん、今夜はどうされるんです？」

「車中泊の旅なので、また壇ノ浦パーキングエリアに戻ろうと思います」

「あそこは景色もいいですしね」

「ええ……」

ついさっきまで、その夜景を杉野と一緒に眺めていたのだ。

「明日以降は、ええと、長崎県の平戸の、うす……、何て町でしたっけ？」

「薄香です」

「ああ、薄香でしたね。そこへは、いつ？」

「まだ、行ったことのない土地なので、なんとも……」

「薄香に、お知り合いは？」

「ありません」

「じゃあ、散骨の船は誰にお願いするんです？」

私の脳裏に、大浦吾郎、という名前が浮かんだが、さすがに口には出せなかった。

「薄香に着いてから、船を持っていそうな人を探してみるつもりです」

「なるほど。行き当たりばったり、ってやつですね」

いつの間にか杉野とは無関係な質問ばかりになっていた。これは職務ではなく、単なる個人的な興味による質問ではないか、と思いはじめたそのとき——。

「聴取中に失礼します」

若手の刑事がエレベーターの方から足早にやってきた。

「どうした？」

「いや、杉野がですね、倉島さんに伝えて欲しいことがあると」

「…………」

私は黙って若い刑事の顔を見上げた。上背はあるが、特徴のない顔立ちをした男だった。張り込みや尾行をする職業には向いていそうだ。

「で、杉野はなんて？」

年配の刑事が訊ねると、若手の刑事は手にしたメモを棒読みした。

「賞味期限のあるうちに、また遊びましょう――、だそうです」

年配の刑事が私を見た。

「賞味期限？　どういう意味です？」

私は「さあ」とだけ言って、首をひねってみせた。無口で無表情なことが珍しく役に立った気がする。

「それと、これです」

若い刑事は、カバーが擦り切れてボロボロになった文庫本をテーブルの上に置いた。

「友達に借りていた本だから、返して欲しいと言ってました」

「これ、あなたの本で間違いないですか？」

年配の刑事が、私を覗き込むような目で訊いた。

「ええ」

私は、反射的に嘘をついた。

よく考えてみると、それは刑務所に勤めるようになってから、はじめてついた嘘かも知れない。

「念のため、ちょっとだけあらためさせてください」

年配の刑事が、その本を手に取り、ぱらぱらとページをめくった。カバーを外して、その裏側までチェックする。

しかし、とくに異常はないと判断したようで、年配の刑事は、その本を両手で私に差し出してくれた。

「山頭火、お好きなんですか？」

「ええ」

これは、嘘ではない。

杉野と出会ってからの三日間で、すでに充分に好きになっている。

私は、嘘によって手にしたボロボロの文庫本を受け取った。そのまま表紙カバーの文字を眺めていたら、少しだけ頰が緩んだ気がした。

山頭火句集――。

私は、新たな旅の友を手にしていた。

第五章　便箋に咲く花

関門橋を渡り九州に上陸すると、私は日本海に沿って延びる国道をひた走った。小倉、福岡市街を抜けて、唐津市へと進む。日本三大松原のひとつ「虹の松原」の近くでは温泉に浸《つ》かり、そこから美味しいイカで知られる呼子《よぶこ》の港を通り過ぎ、そして焼物の町、伊万里市へと入った。

休憩をとるごとに、種田山頭火の句集をめくった。自らが旅の途上にありながら山頭火を読むのは、しみじみ味わい深いものがあった。

時折、洋子の風鈴が「凜」と鳴った。その音色は、いまや遠く離れてしまった官舎の窓の情景を思い出させた。富山と九州の距離を憶うと、いま自分がまさに「旅」という非日常の真ん中にいることを、あらためてひしひしと感じさせられた。そして杉野のいなくなった「旅」は、独りの孤独と不確かな未来への不安をまるごと受け入れ続ける作業のようにも思えた。とはいえ、そういう負の感情を裏返してみると、そこには確かに「自由」というのびやかな羽が存在していることにも気づいていた。

山頭火の句集をめくっていて、こんな作品に出くわした。

《咳がやまない脊中《せなか》をたたく手がない》

独りぼっちの私にはしっくりときすぎて、うっかり湿ったため息をついてしまった作品だ。だが、孤独や不安を背負い込みながらも、杉野が好きだと言っていた句、

《ひとりとなれば仰がるゝ空の青さかな》

から匂い立つような、自由の晴れやかさに救われてもいる。

一人旅は、二つの側面を持つ旅だった。同じ旅をしていても、自分の口が淋しいと言えば、淋しくなるし、自由だと言えば、自由になれる。この二面性のどちらを自分のモノにするかで、旅の意味合いが大きく変わってしまうのだ。おそらく、これから先の私の独りぼっちの人生も、それと同じなのではないだろうか。

もしかすると、この世のすべての事象は「自分がソレのどこを見るか」だけで、がらりと変わってしまうのかも知れない。だとすれば、洋子が言ったように、未来は、きっと変えられるはずだが……。

海と町が、車窓を流れていく。

真新しいビルのなかにも、さびれた漁村にも、人は住んでいて、皆それぞれの人生をそれ

ぞれに生きていた。彼らは自分の人生のどこを見て生きているのだろうか……。

視野に入っては消える九州の人々をぼんやりと眺めながら、私はひたすらアクセルを踏み続けていた。


無数の島がぽこぽこと浮かぶ風光明媚《めいび》な渚を右手に眺めながら、さらに西進し続けると、ふいに平戸大橋が現れた。

この橋を渡れば、そこはもう平戸島だった。

つまり、薄香は目と鼻の先ということになる。

私はアクセルをぐっと踏み込んで、平戸の町を抜けていった。

道路の案内標識に「薄香漁港」という四文字を目にしたとき、私は息を呑んだ。

富山を出て四日目。いよいよ来たのだ。

洋子の、ふるさとに。

私はその標識に従ってステアリングを切り、細くて長い下り坂をゆっくりと降りていった。

下り坂の途中から遠くを見渡すと、密集した樹々の向こうに熟したマンゴー色の夕空が広がっていた。その暖色の光をきらきらと反射させる古い屋根瓦《がわら》の集落も目に入る。集落の奥には、ピンク色の絵の具を流したような小さな海がとろりと横たわっていた。

薄香は、私が想い描いていたとおりの、静かでこぢんまりとした漁村だった。昭和の風景がそのままロケセットとして残っているような、なんとも懐かしい港町なのだ。

下り坂を徐行しながら、運転席の窓を開け放った。

凜。

生暖かく、湿った海風がなだれ込んできて、洋子の風鈴を鳴らした。

その風には、魚の干物のような匂いが溶け込んでいた。

遠くから、カナカナカナ……という、ヒグラシの哀歌が聞こえてくる。

私のなかで、時間がゆっくりと流れだした。

洋子、着いたよ……。

懐かしいか？

助手席の骨壺に胸裡で語りかけながら、さらに細い坂道をずるずると這《は》うように降りていく。

やがて坂道を下り切った刹那、私は思わず「あっ」と声をあげてしまった。

左手に「〒」のマークがあったのだ。

慌ててブレーキを踏んで車を停め、すぐに運転席から降り立った。

ここが……、薄香の郵便局か。

正直、私が思い描いていた地方の郵便局とはまるで違っていた。そこは普通の民家が委託で郵便業務をする、いわゆる簡易郵便局だったのだ。外見上は一般的な漁村の一軒家となんら変わりがないため、「〒」マークに気づかなければ素通りしてしまいそうだった。建物は小豆《あずき》色の木造二階建てだが、一応、一階の窓の庇の上に「薄香簡易郵便局」と手書きの小さな看板が掛けられていた。

郵便局の玄関の前には、低い石段があった。

私はそれを、一段一段踏みしめるように登った。

石段を上がり切ると、格子《こうし》の引き戸があった。

呼び鈴は、ない。

ひとつ深呼吸をして、口を開きかけたとき——。

「あのう……」

石段の下から、しわがれた女性の声が聞こえた。

振り返ると、白髪をきれいなお団子に結んだお婆さんがいて、下の道路から私を見上げているのだった。

「郵便局は、もう終わっとるよ」

「え……」

腕時計を見た。午後六時半を回っていた。

「シャッターも閉まっとったい」

玄関の隣に白いシャッターがあり、それは確かに閉まっていた。

なるほど、ここが開くと郵便局になるのか――。

私は「本当ですね。また、明日来ます」と苦笑して、頭を掻いた。

「あんた、見たことなか顔やけど?」

「ええと……、富山から来ました。あの車で」

「あれまぁ、ずいぶんと遠くから来とるねぇ」

お婆さんは目を丸くして、大袈裟に驚いてくれる。

「道中、気をつけんばよ」

「ええ、どうも」

にっこり笑って会釈をすると、お婆さんは腰の後ろで手を組んで、ペンギンのように上体を左右に揺らしながら、昭和めいた漁村の細い路地へと歩いていった。

とにかく――、明日、また出直しだ。

階段を降りた私は、振り返って郵便局を見上げた。

青墨色をした郵便局の瓦屋根の上空を、一羽のカモメがふわふわと通り過ぎていった。

薄香の港の周辺には、いくつか空き地があった。キャンピングカーの旅人にとっては好都合だ。私は車を回し、港にもっとも近い空き地の隅に停車させた。今日のねぐらは、薄香の港とその向こうの海原を見渡せる一等地だ。

エンジンを切って運転席から降り立つと、私は集落の路地に向かって歩きだした。夕焼けに染まった洋子のふるさとを、のんびりと散策してみることにしたのだ。

こぢんまりとした集落には、迷路のように細い路地が張り巡らされていた。私はあえてその迷路に飛び込んで、気の向くままに拾い歩きをした。

家々の隙間を吹き抜ける風には、濃密な干物の匂いが溶けていた。あちこちの軒先に、天日干しの干物が並べられているのだ。ちょうどいま日が暮れかけて、それを仕舞おうという人の姿も多かった。

干物をよく見ると、長い胸びれのついた魚だった。この辺りの特産の「アゴ」、つまり、トビウオの干物だ。焼いてから干したものを「焼きアゴ」と言い、焼かずに干したものを「白アゴ」と呼ぶのだと、以前、洋子に教えてもらったことがある。大きなスーパーに行くと洋子はいつもこの「アゴ」を買い物かごに入れていた。そして、様々な料理の出汁に使っていたものだった。

集落で出会う人たちは高齢者がほとんどだったが、私と目が合うと、みな少し目を細めるようにして微笑み、そして小さく会釈をしてくれた。人見知りの私は、多少なりとも集落に「受け入れられた」気がして、歩幅が少し大きくなった。

路地を山に向かって一分も歩くと、稲刈り直前の棚田が広がった。畦道に並ぶ彼岸花はちょうど満開で、鮮やかな紅の帯がいくつも延びている。

夕暮れの田んぼの土の匂いは、私の少年時代の記憶を呼び起こして、なんとなく切ないような気持ちにさせた。

ふと、港の反対側の山を見晴かすと、急斜面に無数の墓石がへばりついていた。その墓石もまた、温かな橙色に染められていた。この集落で生まれ育ち、やがてあの静かな墓地に入る。そういう慎ましやかな人生のなかにも、きっと宝石はたくさん転がっているのだろう。

薄香の家々は、どこも塀が低く、歩いていると家のなかが丸見えだった。生活が外に向かって開かれているのだ。高い塀で隣家との関係を断ち切る都会とは、明らかに日々の営みの趣きが違う。

路地には猫が多く、私の顔を見ては人懐っこくミャアと鳴いた。土地が狭く、広い庭を確保できない家がほとんどだが、その代わりに鉢植えの花できれいに玄関先を飾っている家が多い。

　ある路地を曲がったとき、いきなりふわっと魚の焼けるいい匂いがした。道端に数人のお婆さんたちが集って井戸端会議をしながら、七輪で魚を焼いているのだった。目が合ったので軽く会釈を交わすと、お婆さんの一人が、私においでおいでをした。

　少し緊張しながら近づいていくと、すぐにしわくちゃの笑顔に囲まれた。みんな、夕焼けに染まった紅い顔をしていて、年老いた少女、といった風情だった。

「いまね、味醂《みりん》干しを焼きよるけん、食べていかんね」

「え……」

「あんた、見たことなかけど、どっから来たと？」

「富山、です」

「こりゃまあ、ずいぶんと遠くから来たとばいね」

「ほら、焼けたばい。熱いけん、気をつけて食べんね」

「あぁ、す、すみません……」

　焼きたての味醂干しをトレーに載せて手渡された。

齧《かじ》ってみると、これが実にいい味だった。

「美味しい、です」

「そりゃあムツやけん、美味しかさ」

お婆さんたちは喜んで、さらに別の魚の味醂干しを焼きはじめた。

「こっちはカマス。これもまた美味しかよ」

「え……」

「こんくらい、ぺろっと食べられるでしょ」

切り身二つくらいは、もちろん食べられる。だが、初対面の人の玄関先で、突然こんなもてなしをされると、人見知りの私は少々面食らってしまうのだ。

「ほれ、カマスも焼けた」

「すみません……。では、いただきます」

いい匂いにつられて猫もやってきた。お婆さんたちは、その猫を「タマ」と呼んで、味醂干しの欠片を放り投げてやった。猫は、猫舌に苦労しつつも美味そうに齧る。なんだか昭和のシーンを眺めているようで、私の胸は郷愁できゅっとなってしまう。

「カマスも、美味しいです」

ムツもカマスも、歯ごたえや味わいはそれぞれだが、どちらも濃厚な旨味が舌にじんわりと染み込んでくるのだ。

「あんた、ずいぶんと美味しそうに食べるけど、もしかして、お腹空いとると？」

いちばん太ったお婆さんに訊かれた。考えてみれば、今日は昼食を食べていなかった。

「ええ、少し。どこかにご飯を食べられるところは……」

「薄香に食べるところは一軒だけ」

「濱崎食堂さん」

白髪をぼさぼさに伸ばしたお婆さんが店の名前を口にすると、みんなそろって港の方を指差した。

「すぐそこばい。港に出たら左ね」

「あそこは美味しかよ。何でも新鮮やけん」

「看板娘もおるしね」

太ったお婆さんが揶揄するように言って、みんなでけらけらと笑った。

私もつい苦笑してしまう。

「ご馳走さまでした。では、その食堂に行ってみます」

味醂で甘くなった指をハンカチで拭《ふ》きながら、私は礼を言って歩きだそうとした。しかし、ハッとして、すぐにお婆さんたちを振り返った。

「あ、あの……」

「ん？」

しわしわの顔が一斉にこちらを見る。

「光村さん――、というお宅をご存じないですか？」

「ミツムラ……？」

「あんた、知っとる？」

「たしか……、もう、ずいぶんと昔に、引っ越した家族がおったはずやけど……」

「ああ、おったね、そういえば、光村さんって」

光村は、洋子の旧姓だった。

「ええと、その方の住んでいた家は……まだ」

私が最後まで言う前に、太ったお婆さんが言葉をかぶせた。

「いやいや、引っ越したのは、もうずいぶん昔やけん。家はとっくになかよ。あの場所は公民館になっとるよ」

「そう、ですか……」

まさか、いまだに家が残っているなどということはないだろうと思ってはいたのだが、それでも、実際にないと聞いてしまうと、多少なりとも肩を落とさずにはいられなかった。

私はため息をこらえて、本題に入った。

「では、大浦吾郎さんという方は？」

すると、しゃがんで猫の顎《あご》を撫でていたお婆さんが「あらら、今度は吾郎さんかい？」と言って、立ち上がった。

「吾郎さんなら、みーんな知っとるけど、せっかくやけん、濱崎食堂の看板娘に訊いてみんね」

「そうそう。よう知っとるからね」

お婆さんたちは、悪戯っぽい顔で笑う。

「え？」

「とにかく、食堂に行けばわかるけん」

私はワケもわからず、ただ「はい……」とだけ答え、そしてふたたび会釈をして、今度こそ井戸端会議を後にした。

◇　◇　◇

井戸端会議から、ほんの三十メートルほどのところに、濱崎食堂はあった。港の湾奥に建つ一軒家の一階部分だけを改造して作ったような、どこか時代めいた食堂だ。一応、紺地に白抜き文字で「濱崎食堂」と染め抜かれた暖簾がかかってはいるのだが、その暖簾の右側の壁には普通の家と同じように「濱崎」という表札があるし、さらにその表札の隣には錆の浮いた郵便受けも付いていた。

私は、かがんで引き戸の外から店内を覗いてみた。

お客は誰もいないようだった。

少しホッとして、暖簾をくぐる。

「いらっしゃいませ」

すぐに、奥の調理場の方から清々しい声が届いた。

声を訊いた瞬間、看板娘だろうと確信したが、果たして、愛想のいい花顔《かがん》の娘が奥から現れた。

私は壁に貼られた手書きのメニューを眺めた。

「今日は、煮魚が美味しいですよ」

娘は愛嬌のある声でそう言った。

「じゃあ、それを」

「定食でいいですか？　ご飯と、お味噌汁と、漬け物と、小鉢が付きます」

「ええ、では、定食で」

娘はにっこり笑って頷くと、厨房に向かって「煮魚定食ひとつ」と声をかけた。厨房からは娘と顔立ちのよく似た女性が顔を出し、

「はーい」

と答えた。どうやら母娘《おやこ》であるらしい。

「実は、煮魚を作りすぎて余っちゃってたんです。でも、本当にすごく美味しいですよ」

「え……」

正直すぎる台詞に、私はつい苦笑いをしてしまった。

「テレビ、つけましょうか？」

「ああ、お願いします」

娘はリモコンを手にして、天井から吊られた棚の上のテレビをつけた。ちょうど民放で天気予報をやっていた。

天気図の左下あたりに、大きな台風を示す等圧線があった。

「この台風、直撃みたいですね……」

娘がひとり言のように言う。

台風か……。海が荒れては、散骨の船を出せなくなる。

「参ったな。台風が来ているとは、知らなかった……」

うっかり世間から取り残されたような台詞を口にしたせいか、娘はこちらを見て、小首をかしげた。

「お客さん、釣りか何かで？」

「あ、いえ……。実は、私は――」

散骨のことと、大浦吾郎さんについて話をしようと思ったのだが、その刹那、ガラガラと音を立てて店の引き戸が開き、若い男が「おっす」と顔を出した。男と一緒に、湿った海風がすうっと入り込んでくる。

「この天気だから、明日の分もまとめて持ってきた」

背が高く、よく陽に焼けた男が、娘に向かって言った。両手には鮮魚を入れる発泡スチロールのトロ箱が抱えられていた。身体は細いが、半袖のTシャツから伸びた長い腕には強靭そうな筋肉が浮き出ている。見るからに漁師といった風情の青年だ。

「今日もいいブリが入ってるから」

青年は口元に気のよさそうな笑みをたたえてそう言ったのだが、

「他のことにも、それくらい気が回るといいのにね」

と、娘はさっきまでとはガラリと違うツンとした口調で言って、青年からトロ箱を受け取った。そして、そのままきびすを返して厨房《ちゅうぼう》へと入ってしまった。

青年は突っ立ったまま眉毛を八の字にして大袈裟なため息をつくと、こちらを見て小さく肩をすくめてみせた。どうやら二人は喧嘩《けんか》でもしているらしい。私は苦笑いで応えた。

「外の車、お客さんの？」

気を取り直したように青年が訊ねてきた。

「あ、邪魔になってますか？」

「そうじゃなくて。富山ナンバーって、この辺じゃ珍しいんで」

「ああ……」

私が何か言おうとしたら、青年の後ろから娘が現れた。

「ちょっと、邪魔」

青年を押しのけるようにして、娘が煮魚定食をテーブルの上に置いた。

「邪魔って、おい……」

「お客さん、富山からいらしたんですか？」

娘は私にだけ愛想のいい声を出して、青年を無視する。

「え？　ええ、まあ……」

「釣り、でしたっけ？」

「いいえ。実は、妻の、ですね……」

そこで私は口ごもってしまった。

「……？」

娘と青年が、並んで同じように首をかしげた。

私は少し下っ腹に力を込めるようにして、続きを口にした。

「ええと、妻の遺骨を、海に散骨するために来たんです」

一瞬、若い二人は言葉を失って、私を見ながら立ち尽くしていたが、ふいに厨房から出てきた母親が代わりに答えてくれた。

「散骨、ですか？」

時代めいた花柄のエプロンをつけたその母親は、私の顔をまじまじと遠慮のない目で見た。

「船は、どちらで？」

訊かれた私は、おもむろに財布を取り出すと、札入れから一枚の紙切れを抜き出した。極端に右肩上がりの文字が記された、南原にもらったメモだ。

「船は、この大浦吾郎さんという方に、お願いしてみようかと……」

言いながら、そっとメモをテーブルに置く。

すると今度は、三人そろって目を丸くした。

娘と青年は、ぽかんと口を開いたまま私のことを見ていた。しかし、母親の視線は、テーブルに置かれたメモ用紙に、じっと注がれていた。

「ええと……」

なんとなく異様な雰囲気に呑まれた私が口を開きかけたとき、青年が言った。

「大浦吾郎って、うちのじっちゃんだけど……」

「え……」

今度は私が驚く番だった。

と、そのとき、「とにかく――」と、強い口調で母親が言った。「お客さん、料理が冷めないうちに召し上がってくださいな。お食事が終わったら、ゆっくりとお話をお伺いしますんで」

「は、はい……」

目まぐるしい展開と、母親の声にすっかり気圧《けお》された私は、おとなしく「いただきます」を口にした。

◇　◇　◇

煮魚定食はブリの煮付けだった。嘘のつけない看板娘が勧めるだけあって、なるほど、よく脂の乗ったいい味だった。

「ご馳走さまでした。美味しかったです」

私の食事が終わると、娘が「お粗末さまでした」と微笑みながら食器を片付け、それから、母と娘と青年がテーブルに着いた。

「これはサービスです」

娘が全員分のコーヒーをいれてくれたのだが、カップを青年の前に置くときだけは、あからさまに乱暴で、それを見た母親が苦笑していた。青年はやれやれといった顔をしたが、そのままコーヒーをひとくち啜ると、姿勢を正してしゃべりだした。

「ええと、俺は大浦吾郎の孫で、卓也です」

「お孫さん……」

「そうです。で、この人が、食堂の主の濱崎多恵子さんで、コレが——」

「誰がコレよ。物じゃないんだからね。私は、娘の奈緒子です」

「ええと……、俺の、婚約者です」

「解消寸前な気がしますけど」

「こら、あんたたち、いい加減にせんね」

母親の多恵子がぴしゃりと言う。

若い二人は、不承不承といった顔で口を閉じた。

そんな、なんとも微妙な空気のなか、三人の視線が私に集まった。

「ああ……、倉島英二、と言います」

「倉島、英二さん――」

多恵子は、私の名前を記憶に焼き付けようとでもするかのように、小さな声で復唱した。

「で、うちのじっちゃんに、奥さんの散骨の船を出させるって？　いつです？」

「あ、いや……。実は、旅の途中で偶然お会いした南原さんという方が、大浦吾郎さんという方に頼んでみてはどうかと言ってくださっただけで、まだ、何も……」

「じゃあ、じっちゃんは知らんとですか？」

「ええ……」

「そうか。それにしても、南原さんって、誰だろうな……。聞いたことのねえ名前だけど」

卓也が首をひねった。

「以前、薄香に釣りに来たときに、吾郎さんに船を出してもらったそうです」

「釣り？」

「ええ」

「うちは漁師だから、釣り船を仕立てたことはなかけど……」

「え……」

釣り船は、やっていない？

私は予想外の展開に眉を寄せそうになったが、ふいに、もうひとつの名前を思い出した。南原がどこか懐かしそうな目で呼び捨てにした、あの名前だ。

「そういえば、南原さんは、吾郎さんの息子さんの晋也さんともお知り合いみたいでした。なんだか親しそうな感じでしたが」

私が晋也という名前を口にしたとたん、テーブルの上の空気がすうっと冷え込んだのがわかった。

「…………」

私は黙って三人の顔を見回した。

三人とも、それぞれ違った目をしていた。卓也はどこか淋しげな目。奈緒子は憐憫《れんびん》の目。そして、多恵子は、すがるような――と言いたくなるような目で、私を見ていたのだ。

その多恵子が口を開いた。

「南原さんという方は、晋也さんのことを、何て？」

「ちょっと、お母さん」

奈緒子がたしなめるような声を出した。

「よかよ。俺も聞いてみたかし」

奈緒子を制した卓也は、気を取り直したような顔でこちらを向いた。

「あ、いや……、私が南原さんから聞いたのは、吾郎さんはご高齢だから、いまは晋也さんが船長をしているかも知れない、といったことだけで……。そのとき、南原さんが『晋也』と呼び捨てにしていたので、勝手に親しい人なのかと……」

奈緒子が、心配そうな顔で卓也をちらりと見た。

しかし、卓也はむしろ微笑を浮かべていた。

「そうかぁ。じゃあ、南原さんって人は、親父の友達だった人かもなぁ」卓也は少し遠い目をして嘆息したが、その目をすっと私に向けた。「親父は、七年前に荒れた海に漁に出てお袋と一緒に遭難しちまって……」

「え……」

「だから、うちの船は、じっちゃんが船長で、俺が下働きをしてるんです」

「……そうでしたか。申し訳ない」

「いえ、平気です。もう七年も前のことだし。親父のことを覚えていてくれる友達がおるって聞いただけでも嬉しいんで」

卓也はさらりと言ってのけて、コーヒーを啜る。

感じのいい青年だ。少々気は強そうだが嘘のつけない奈緒子にふさわしい気がする。

「倉島さん、どうしてこの海で散骨を？」

多恵子が話を戻した。

「薄香は、妻の生まれ故郷なんです」

「奥様は、おいくつだったんですか？」

「五十三でした」

「五十三歳――。私は隣の松浦の出身ですけど……死んだ夫は薄香の人間で、私より二つ下だったんで、奥様と同い年です。もしかすると、知り合いだったかも……」

死んだ夫――。この食堂の母娘は二人暮らしのようだ。

なんとなく、そんな感じはしていたが……。

私は小さく頷いて、コーヒーに口をつけた。それに釣られたのか、他の三人も黙ってコーヒーを飲みはじめた。

ふたたびテーブルの上がしんとなった。

きっとこの三人は、私と違って元来はとても明るい性格に違いなかった。しかし、そういう人たちがお互いを悼み合い、こんなふうに神妙に口を閉じて沈黙を生み出していると、どうしても悲悼な気分にさせられてしまう。だが、そんな空気を、奈緒子の陽気な声が破ってくれた。

「倉島さん、とにかく大丈夫です。こいつが吾郎さんを紹介しますんで。ねっ」

奈緒子が卓也の肩を突いた。

「えっ？　も、もちろん、紹介します。ただ……、散骨となると、じっちゃんがＯＫするかどうか」

「それを説得するのが卓ちゃんの仕事でしょ。わざわざ富山から来てくださった人に冷たい仕打ちをしたら、薄香の漁師は薄情だってことになるよ」

「わかったよ。とにかく――」卓也は立ち上がって、私を見た。「うちに行きましょう。漁師ってすごく早寝なんです。あと二時間もしたら、じっちゃんは寝ちまうんで」

「うん、それがいいわ」

多恵子が頷き、奈緒子も頷いた。

「では、すみませんが――」

私は煮魚定食の会計を済ませて、卓也と一緒に濱崎食堂を後にした。

◇　◇　◇

南から大きな台風が近づいているらしいが、この夜はまだ、満天の星空に覆い尽くされていた。

「なんか、すみませんでした」

港に沿って歩きながら、卓也が面映そうな声を出した。

「え？」

「みっともなかところ、見せちまって」

奈緒子と喧嘩をしていたことを言っているのだ。

「いや……」

「たまに喧嘩しちゃうんですよね。っていうか、いつも一方的に俺が怒られてばかりなんですけど」卓也が自分の台詞にくすっと笑う。「でもね、あいつが怒るときって、自分のためじゃなくて、いつも他人のため、なんですよね」

「他人の、ため？」

「はい。今日、怒っとったのは、台風でうねりが出とるのに、俺とじっちゃんが船を出したからなんです」

「心配してくれたんだ」

卓也は頷く。

「いい娘さんだね」

「へへっ」と照れ臭そうに笑って、卓也は星空を見上げた。

「奈緒子の親父さんもね、腕のいい漁師だったんです。でも、俺の両親が遭難する少し前に、同じように遭難しちまってて……」

「じゃあ、なおさら……」

「心配なんですよね。だから、まあ、俺が悪いんです。でもね、船を出すかどうかは、じっちゃんが決めるもんで……」

私は、卓也の小さないいわけに、くすっと笑った。

その刹那――。

「あっ、流れ星。倉島さん、見ました？」

「見た……」

それはかつて見たことのないような、大きな流れ星だった。

洋子も、見ていただろうか……。

天の川を見上げてそう思ったら、私の内側に清々とした歌声が小さく流れだした。洋子の唄う「星めぐりの歌」だ。

「流れ星なんて、なんか幸先いいっすね。じっちゃん、きっとOKしてくれますよ」

夜空を見上げたまま卓也が言った。

海から吹いてくる夜風は生暖かく、港のへりからは、たぷん、たぷん、と甘い水の音が聞こえていた。夜気にはまだかすかに干物の匂いが溶けていて、空き地の草むらからは秋の虫の恋歌が漂ってくる。

子供の頃の洋子はきっと、毎晩こんな夜を味わっていたのだろう。

「いい夜だ」

「ですね。今日は新月だから、夜釣りをしたらよく釣れますよ」

「そういうもの？」

「はい。大潮で、潮がよく動くんで。あそこの赤灯台から釣るんです」

赤灯台——。

私は洋子の「一通目の遺言」となった絵手紙を思い出した。赤い灯台と二羽のカモメが描かれた絵だった。明日、郵便局で「二通目の遺言」を受け取ったら、赤灯台の下でそれを読んでみようかと、少し感傷的なことを考えてみた。

◇　◇　◇

卓也の家は、古びた小さな木造の二階建てだった。

風呂から上がったばかりの吾郎さんは、ステテコにランニングシャツといった姿で、ふらりと和室の居間に現れた。

「夜分に恐れ入ります」

「いえいえ。一杯、飲《や》りますか？」

吾郎さんはしわがれた声で言うと、目尻の深い皺をいっそう深くした。穏やかに、微笑んでくれたのだ。

「あ、いえ。結構です」

「本当に？」

「ええ。お気持ちだけ」

吾郎さんは「卓也、お茶を」と言って卓袱台につき、私と向かい合った。

「ええと……？」

「倉島と申します。先だって妻が他界しまして。その遺言が、薄香の海への散骨でした。ここは妻の生まれ故郷なんです」

うんうん、と小さく頷きながら、吾郎さんは皺にうもれそうな小さな目をしばたたかせた。黒目ばかりのその目は、どこか潤んで見える。

「で？」

「それで、遺骨と一緒に富山からここまで旅をしてきたのですが、途中で南原さんという方にお会いしまして――」

「その人、親父の友達らしいんだよ」

湯呑みを三つ持ってきた卓也が、横から口を挟んだ。

「晋也の？」

「あ、いや、お友達だったかどうかは……。ただ、南原さんは、とても親しげに、晋也、と呼び捨てで話していましたので」

「南原……。知らん名前だなぁ」

吾郎さんは首をひねった。日焼けでチョコレート色をした首に、漁師特有の深い皺がよっている。

「じっちゃん、協力しようよ。わざわざ富山からこんなところまで来てくれたとやけん」

吾郎さんは、小さな潤んだ目で私を見た。

「ご多用中に恐縮ですが、もし、よろしければ……」

私はテーブルに両手をついて小さく頭を下げた。しかし、吾郎さんは、穏やかな表情のまま、お茶を啜っただけだった。

「なあ、じっちゃん」

卓也が後押しをしてくれる。

私は、もしかして――と思い、慎重に言葉を選びながら口を開いた。

「もちろん、お手を煩わせてしまいますので、お礼の方は、きちんとさせていただければと思って――」

「いやいや、そうではなくて……」

両手を前に出して、吾郎さんは私の言葉を制した。相変わらず語調は穏やかなままだった。

「ええと、あなた、倉島さん、でしたっけ？」

「はい」

「墓は、あると？」

「は……？」

唐突な話の展開に、私は一瞬、言葉を失いかけた。

「あなたの、先祖代々の墓です」

「ええ。一応、ありますが……」

「じゃあ、少し考えてみるとよかよ。奥さんのお骨が入っとらん墓に、お参りするときの自分を」

「………」

吾郎さんの静かな言葉は、私の胸の深いところをざらりとヤスリのように撫でた。

考えたこともなかったのだ。洋子のいない空っぽの墓石に手を合わせる自分のことなど。これっぽっちも。

「こいつの両親はね、この海で遭難したんです。死体が上がってこんけん、いまでも墓の中身は空っぽです。それでも命日や盆には墓参りをするとですけども……、でもね、そこに故人がいる気がせんとですよ。骨が、なかけんね」

「…………」

「私らは、空っぽの墓参りをしたあとに、わざわざ船で沖に出て、そこで両手を合わせとるんです」

そこまで言って吾郎さんは、ふぅ、と嘆息した。

傍らであぐらをかいている卓也は、卓袱台の上のお茶をじっと見詰めたまま黙っている。

「あなた、富山でしたっけ？」

「はい……」

「そしたら、私らみたいに、この海にひょいと出てお参りするなんてできんけど」

「…………」

「空っぽの墓に手を合わせるばかりになるとよ。それでも、よかとですか？」

「…………」

私の喉は、きゅっと細くなってしまったようで、「はい」という二文字が出せなかった。

「倉島さん？」

卓也が、優しい声で背中を押してくれる。

「あの――」

ようやく私が口を開きかけたとき、先に吾郎さんが言った。

「船ごたんもんは、海が凪《な》いでりゃ、いつでも出せますけん。でも、その前に、よう考えた方がよか」

吾郎さんの小さな目が、まっすぐ私を見詰めていた。垂れ下がったまぶたの奥のつやつやした黒い光は、永い年月をかけて様々なものを見て磨かれた光に思えてくる。

「どうせ明日は台風で船は出せんけん。今日は、いったん帰って、ゆっくり考えてみてください」

「……はい」

私は「夜分に、お邪魔しました」と頭を下げたのだが、語尾がかすれて尻すぼみになってしまった。

そのまま、ため息をこらえて、立ち上がった。

一緒に立ち上がった卓也に見送られて玄関へと歩いていく。

「せっかく、紹介してくれたのに、申し訳ない……」

靴を履きながら卓也に言った。すると、卓也は自分も靴を履いて、居間の吾郎さんに向かって声を張り上げた。

「じっちゃん、今日は新月だから、倉島さんを送りがてら、ちょっくら夜釣りしてくるわ」

「おう」

居間から、しわがれた声が届いた。

◇　◇　◇

釣り具を手にした卓也と、ふたたび夜の港を歩いた。

「なんか、すみません……」

歩きだしてすぐに、卓也が言った。

「え？」

「じっちゃんが、余計なことば言ったとかなって」

「いや、逆によかったよ」灯台の明かりを眺めながら、私は言った。「空っぽの墓のことなんて、考えたこともなかったから」

「考えないですよね、普通」

私は「そうだね」と頷いたが、そこまで考えなかった自分の浅はかさにため息がもれる。

「奈緒子も、前に同じこと言ってました」

「同じこと？」

「じっちゃんと同じことです。お墓参りをしても、ちっともお父さんと会えた気がせんっし。正直、俺もそう思います」

私は黙って考えた。洋子の願いは散骨だが、しかし、自分の本心は……やはり、違う。できることならば、私は洋子と一緒の墓に入ることを望んでいるのだ。

これまでは、自分の気持ちを洋子の遺言でくるんで器用に包み隠し、あえてそれを見ようともせずに、薄香までやってきてしまったのだ。そして、いざ吾郎さんに現実的な遺族の感情を教えられたとたんに、その隠していたはずの本心がむき出しになって、急にひりひりと痛みだし、すっかり動揺している自分がいる。

吾郎さんはあの小さな目で、私の本音を見抜いていたのだ。

「優しい人だね」

「え？」

「吾郎さん」

卓也は「そうですかね」と、くすぐったいような顔をした。

「優しいよ」

「いつもは、あんまり余計なことはしゃべらん人なんですけど。今日は、珍しかです。酒も飲まずにあんなにしゃべるなんて」

陽に焼けた、しわしわの顔を思い出した。吾郎さんは、自分の仕事場である海に息子夫婦を奪われたのだ。そして、その亡骸《なきがら》が眠る海で、毎日、漁をし続けている。それを憶うと、なんだかやり切れないような気分になってしまう。

濱崎食堂の前を通りすぎて少し歩き、赤灯台の建つ防波堤の上に踏み出したとき、前を行く卓也がヘッドランプを点けて振り返った。

「でも、とりあえずはよかったですね。じっちゃん、船を出すのはかまわないって言ってたから」

「ありがたいよ、本当に」

「これで俺も、奈緒子に叱られずに済みます」

卓也が「へへっ」と笑ったとき、また流れ星がこぼれ落ちた。卓也の後ろで流れたから、私は黙っていた。

「あ、もしかして、いま、流れ星が見えました？」

「え？」

「倉島さん、ハッとした顔をしたから」

勘のいい青年だ。

「見えたよ。小さいやつが」

「やっぱりね。倉島さん、ツイてますよ、きっと」

「そうかな」

卓也は「そうですよ」と言いながら、私に釣り竿を一本差し出した。

「ん？」

「これ、奈緒子の釣り竿ですけど。倉島さん、赤灯台の下まで来たってことは、釣りするってことでしょ？」

そういえば、なんとなく卓也と話をしているうちに、ここまで付いてきてしまった。

「流れ星を見たし、大潮だし、きっと大物が釣れますよ」

私は釣り竿を受け取った。

「子供の頃にやったきりなんだ。教えてくれるかな？」

「もちろんです。たくさん釣って、食堂に持っていかないと」

「え？」

「奈緒子のご機嫌とりです。協力してください」

卓也がニッと笑い、私もくすくすと笑った。

◇　◇　◇

薄手の寝袋のなかで目を覚ました。

外はすでに明るいが、まだ早朝といえる時刻だった。

あくびを、ひとつ。

昨夜は卓也と夜釣りをしたせいで、寝不足ぎみだった。流れ星を二つも見たわりには、魚は一匹も釣れず、卓也はしきりに「台風の影響で、海がおかしい」と首をひねり続けていた。もっと外海が大荒れになると、魚たちは穏やかな内湾や港内に入ってくるらしいのだが。いずれにせよ、奈緒子へのご機嫌とりは叶わなかった。

私は寝袋からするりと抜け出して、車のハッチを開けた。

朝の空気が一気になだれ込んでくる。

キャビンで顔を洗い、歯を磨き、ミネラルウォーターを飲んだ。目が覚めてきたところで、車を数分走らせて平戸の街に戻り、コンビニで朝食を済ませた。ついでに肴になりそうなサンマの缶詰や、すぐに食べられるあんパンなど、日持ちのする食料をいくつか買っておいた。

再び薄香の空き地に戻ると、やることがなくなったので、ベッドにごろりと横たわり、杉野にもらった山頭火の句集を開いた。しかし、なかなか活字に集中できなかった。風を通すために少しだけ開けておいた窓が、びょうびょうと鳴るのだ。外はすでに台風の影響で風が強くなりはじめていた。洋子の風鈴も鳴りっぱなしだ。海風もやけに生暖かく、肌にまとわりつくようだった。

上体を起こして、窓越しに空を見上げた。頭上には、薄墨を染み込ませたような不穏な雲が低く垂れ込めていた。港では気ぜわしげな漁師たちが往来している。船の舫《もや》いを締め直したり、漁網を畳んだりして、台風に備えているようだ。

吾郎さんと卓也の姿は、ない。

私はなんとなくため息をついて、骨壺の入った助手席のバッグをキャビンに移動させた。ファスナーを引いてバッグを開け、なかから陶製の骨壺を取り出す。

もうすぐ、二通目の手紙を受け取るよ——。

ひんやりとした骨壺に触れながら、胸裡でつぶやく。

また風が、びょう、と鳴き、洋子の風鈴を揺らした。

　郵便局は朝の九時ちょうどに開いた。

　窓口のおばさんは、シャッターを開けるのと同時に入ってきた私に、少し面食らったような顔をしていたが、局留め郵便を受け取りに来たと言うと、「ああ」と、得心の表情になった。この小さな集落の郵便局に、局留めは珍しいのだろう。

「はい、どうぞ」

「どうも……」

　私の手のなかに、白い封筒がおさまった。

　富山刑務所の会議室で「遺言サポートの会」の笹岡峰子に見せられたあの封筒が、ついに私のものとなったのだ。

　これで「手紙の余命宣告」は撤回だ。

　郵便局を後にすると、私は足早に車のなかへと戻った。

　残念だが、赤灯台の下で読むことは諦めていた。昨夜、釣りをしていたときよりも、かなり外海が荒れていて、防波堤に波飛沫《なみしぶき》がかかっていたのだ。

　私はキャビンに置いた骨壺の前であぐらをかき、ごくり、と唾を飲み込んだ。さらに、ひとつ深呼吸をしてから、持参したハサミで丁寧に封を切った。

　折り畳まれた便箋を、そっと引き出す。

凜。

風鈴が鳴るのと同時に、手にした便箋を静かに開いた。

便箋は、三枚。

白地に淡い緑色の罫線《けいせん》が引かれていて、左下にはホタルブクロの花の絵が印刷されていた。

風鈴とよく似た形の、洋子の好きだった花だ。

万年筆で丁寧に書かれた洋子の文字は、海のような深い紺色をしていた。

あなたへ

最初の四文字を目にした瞬間から、私の胸の内側では洋子の朗読がはじまっていた。

第六章　優しい海

ごう、という風の唸りに私は目を覚ました。

まぶたを開いて、最初に視界に入ったのは車の天井だった。

まだ意識は夢うつつだったが、私の頬は微笑した直後のように優しく緩んでいた。

何か、いい夢でも見ていたのだろうか——。

ふと気づくと、両手を胸の上で組んでいた。手と胸の間には、洋子の二通目の手紙が挟まっていた。

そうだった……私はこの手紙を何度も読み返した挙げ句、仰向けになって目を閉じ、余韻をじっくりと味わっていたのだ。そして、どうやら、そのまま眠ってしまったらしい。

また、ごう、と風が唸った。

私はのそのそと起き上がり、洋子の手紙を封筒に戻すと、それを旅行鞄のなかにしまった。

腕時計を見る。針は、午後二時過ぎを示していた。ずいぶんと寝てしまったようだが、その分、昨夜の寝不足が解消されて、頭と身体はすっきりとしていた。

車から降りて、大きく伸びをした。

見上げた空は、いまにも泣きだしそうな曇天で、午前中よりもさらに低く雲が垂れ込めていた。時折、突風が吹いて、ドンッ、と空気の塊がぶつかってくる。

台風はもう、すぐそこまで来ているのだろう。

私は、薄香漁港に沿って歩きだした。

いつもより大股で、テンポよく。

濱崎食堂の前を通り、その少し先の路地へと入って、吾郎さんと卓也の家の前に立った。

呼び鈴が見当たらないので、玄関のドアを軽く叩いた。返事がない。もう一度、叩く。

「はいはい」

今度は奥から卓也の声がして、ほどなくドアが開かれた。

「あ、倉島さん、どうも」

「どうも」

卓也は軽く会釈をすると、ひょいとかがんで玄関に立つ私の後ろの空を見上げた。

「うわぁ、かなりヤバそうな天気になってきたなぁ」

「船は、大丈夫？」

「はい。今朝、じっちゃんと台風に備えましたから」

「今朝？」

「夜釣りから戻ったときには、もう、じっちゃんは起きとって、そのまま港に拉致《らち》されました。徹夜で肉体労働です」

「大変だったね」

「でも、その後はたっぷり寝ましたから。っていうか、ええと……？」

　卓也は、目で私の来訪の理由を問うていた。

「吾郎さん、いるかな」

「いますよ。テレビ観てます。どうぞ、上がってください」

　私は昨夜に続いて卓也の家に上がった。

「じっちゃん、倉島さん」

　畳の居間でくつろいでいる吾郎さんに、卓也が声をかけた。

「おお……」

　吾郎さんがゆっくりと振り返り、視線が合った。

「昨夜は、夜分に失礼いたしました」

居間の敷居の手前で、私は言った。

「いや……。ま、どうぞ。卓也、お茶ばいれてくれんね」

「あいよ」

座椅子に座っている吾郎さんの向かいに腰をおろした。

そして、話を切り出した。

「今朝、妻の遺書を、薄香の郵便局で受け取りました」

「ん？　薄香の郵便局で、遺書を？」

チョコレート色の顔が不思議そうに傾いた。

「ええ。局留めで遺書は出されたんです――」

それから私は、二通の遺言についての経緯をかいつまんで話した。

「ううむ……」

話を聞いた吾郎さんは、感嘆とも得心ともつかぬ微妙な声をもらして、卓也の持ってきたお茶を啜った。そして、湯呑みを卓袱台に置き、目尻の皺をすうっと深めた。微笑んだのだ。

「そりゃ、珍しい話だな」

「ええ」

「で、倉島さん、散骨の決意ばしたとですね」

「え……」

「顔に書いとるけん」

「そ、そうですか……」

「ああ、はっきりとな」

私は苦笑してから、あらためて「宜《よろ》しくお願いします」と、小さく頭を下げた。

「よし、この台風が過ぎたら、船ば出そう」

吾郎さんは、卓也に向かって言った。

「じっちゃん……」

卓也は、ホッとしたような声を出す。

「ありがとうございます」

私はもう一度頭を下げた。今度は、深々と。


卓也の家を出て車に戻る直前、大粒の雨が降りだした。私は慌ててサイドのスライドドアを開けてキャビンへと飛び込んだ。

バラバラバラバラ……。

車の屋根が、やけに大きな音を立てた。

しかし、私は、嵐を予感させるその音にすら、ある種の風情を感じて、自然と山頭火の句集を開いていた。

しばらくは山頭火の世界に没頭した。一句一句の風趣を味わいながら読む。

やがて一段と激しさを増した雨音に顔をあげたとき、ふと、記憶の片隅に残っていたある句を思い出した。

それを探して、ぱらぱらとページをめくった。

たしか、前半にあったはずだ……。

すぐに見つけた。

いまの自分のためにあるような一句を。

《雨ふるふるさとははだしであるく》

窓の外を見た。いつの間にか、横殴りの大雨になっていた。世界は白濁し、ほとんど視界も利かない。

降れ、降れ……、もっと降れ。

窓の外を眺めながら、つぶやいた。

つぶやきながら、靴を脱ぎ、靴下も脱いだ。さらに襟付きのシャツを脱いで、Tシャツとズボンだけになる。

ズボンの裾《すそ》は少しめくっておいた。

そして――。

私は車のスライドドアを開けた。

暴風雨がどっと車内に吹き込んでくる。

せーの、で土砂降りのなかへと飛び出し、車のドアを閉めた。

濃密な雨の匂いに目を細めながら、深呼吸をひとつしたら、もうすでに全身がびしょ濡れになっていた。

秋の雨は、冷たすぎず、ぬるすぎず、叫び出したいような心地よさだった。

素足で、濡れた雑草の上を歩き回った。

やわらかな草と、ぬかるんだ土の感触が、足の裏から胸にまでじわじわと染み渡ってくる。

両手を広げて、白濁した空を見上げてみた。

目に大粒の雨滴が飛び込んできて、まぶたを開けてはいられなかった。

それでも、上を向いていた。

バチバチと顔にぶつかってくる無数の雨滴。

私は白い世界のど真ん中で、びしょ濡れになりながら笑みを浮かべていた。

もっと降れ、もっと降れ……。

雨の勢いが強くなるほどに、私の鎧《よろい》は洗い流され、そして、むき出しになってひりひりしてくる。だが、その痛いような感覚こそが、自由の一部でもあるのだと感覚的にわかっていた。

「簡単じゃないか……」

かすれた声は、激しい雨音に一瞬で塗り潰されてしまう。

それでもかまわない。

本当に、簡単なことだったのだ。

ただ裸足になってドアの外に一歩出るだけで、世界はこんなにも違う。こんな小さな一歩で、世界も、自分も、変えられるチャンスは生じるのだ。

たったの一歩。

ゼロではなくて、一歩。

その差は、無限に等しいくらいに大きいのかも知れない。

自分が変われば、未来だって……。

変わるよな、洋子。

突風が吹いて、真横から雨が吹き付けてくる。

よろめきながらも、私は笑いだしたいような気分でいっぱいだった。

「ああ、馬鹿みたいに自由で——最高だ」

空に向かってつぶやいて、私はびしょ濡れの顔をごしごしとこすった。

◇　◇　◇

夜になると、いよいよ本格的に台風の直撃を受けた。

窓をピタリと閉めていても、風の唸りが車内にまで忍び込んでくる。横風を受けると、車体はぐらぐらと揺れた。

暴風雨のなか、車のエンジンをかけて室内灯を点け、適当に夕食の準備をしようとしていたら、サイドの窓ガラスを激しく叩く音がした。

ゴンゴンゴンゴン。

音に振り返ると、頭にすっぽりとフードをかぶった奈緒子の姿があった。私は驚いてスライドドアを開け、びしょ濡れの奈緒子を車内に引き入れた。

「ど、どうしたんです？」

言いながら、ドアを閉めた。

「今夜は、台風が直撃しますから――、母が、家に泊まってもらえって」

店から車までの数十メートルを走ってきたのだろう、奈緒子の息はあがっていた。

「私は、ここで……大丈夫です」

「大丈夫じゃなかです。十年に一度の猛烈な台風らしいですよ」

「…………」

「こんな日は、他人の厚意を受けるべきです！」

奈緒子は真っ正面から私を見て、ぴしゃりと言った。

ふと、卓也の台詞を思い出す。

あいつが怒るときって、自分のためじゃなくて、いつも他人のため、なんですよね――。

本当だな。

私は頰が緩みそうになるのをこらえながら言った。

「わかりました。お世話になります」

◇　◇　◇

奈緒子を乗せたまま、車を濱崎食堂の前まで移動させた。

「ここに停めても？」

「大丈夫です。どうせ今夜は営業しませんし」

二人は車を降り、暖簾のない引き戸をあけて店内に入った。

「お母さん、来てもらったよ」

奈緒子が厨房に向かって声をかけた。奥から「はい、ありがとさん」と多恵子の返事が聞こえてくる。

「倉島さん、晩ご飯は？」

「ちょうど何か食べようと思っていたところで」

そう答えたときに、厨房から多恵子が出てきた。そして、奈緒子と同じ質問を口にした。

「倉島さん、晩ご飯は？」

「ちょうどお腹が空いてるんですって」

私の代わりに奈緒子が答えた。微妙にニュアンスの違う答えだったが、腹が減っていることには変わりない。

「今日、お店は休業ですよね？」

多恵子に訊ねると、「もちろんです」と苦笑した。「こんな嵐の夜に店ば開けても、誰も来んですから。でも、どっちにしろ私たちも晩ご飯は作るんで、よかったらご一緒しませんか？　ついでの物しか作れんとですけど」

「え、いや……、そういうわけには」

恐縮している私に、濡れたパーカーを脱いだ奈緒子が言った。

「他人の厚意は、なんでしたっけ？」

悪戯っぽい顔で奈緒子は笑っている。

「受けるべき、ですか……」

「正解です」

まったく、この看板娘にはかなわない。

私は、「すみません、では、遠慮なく」と言って苦笑し、そして、大事な報告を口にした。

「ええと、大浦吾郎さんの船で、散骨ができることになりました」

「え……」と奈緒子が破顔し、「よかったですね」と多恵子も微笑んでくれる。

「お二人と、卓也くんのおかげです」

奈緒子に向かって言うと、「あいつも、たまには役に立つんですね」と小さくはにかんだ。

「卓也くん、言ってました。奈緒子さんが怒るときは、いつも他人のためだって。心の優しい人なんだって」

余計なおせっかいのような気もしたが、せめてこれくらいは卓也に恩返しをしてもいいだろう。

「奈緒子さん、いい青年を選びましたね」

「え……」

「でしょう、わたしもそう思うんです」

多恵子が笑いながら口を挟む。

頬を赤らめた奈緒子は、「ちょっと、お母さん」と、多恵子の肘を突いた。

夜釣りをしていたとき、卓也は「奈緒子のえくぼを取り戻すのが自分の目標です」と言っていたのだが、そこまで言うのはやめておいた。僕はあなたのために何かをしてあげます――、と上からかける言葉よりも、日々の小さな行動の積み重ねの方が、よほど夫婦にとっては大切だということを私は知っていたから。

「えっと、倉島さん、ちょっとそこに座っとってくださいね。テレビもつけますけん。わたし、ご飯、急いで作ります」

早口で言うと、奈緒子はそそくさと厨房に逃げ込んだ。

残された多恵子と私は、顔を見合わせて笑った。

◇　◇　◇

夜が深まると雨脚はいったん弱まったが、風の強さはむしろ増したようにも思えた。

雨戸を立てた濱崎食堂の外では、ガランガランと何か大きな物が転がっていくような音や、キーンという電線が風に鳴る音が響いていた。突風が吹くと、食堂そのものが軋み、雨戸も激しく振動してバリバリと大きな音を立てた。

私は食堂の奥にある小さな座敷に布団を敷いてもらっていた。しかし、昼寝をしてしまったせいか、あるいは外の不穏な物音のせいか、なかなか寝付けずにいた。

多恵子と奈緒子はとっくに二階へあがり、それぞれの部屋で寝付いているようだった。

しばらくは、まんじりともせず布団のなかで悶々《もんもん》と天井を眺めていたのだが、さすがに退屈になり、私は起き上がって食堂のテーブルについた。そして、とても小さな音量でテレビの深夜番組を観はじめた。

最初のＣＭに入ったとき、ふいに階段の軋む音がした。

多恵子が、ひょっこりと二階から降りてきたのだった。

「あ、すみません。テレビ、うるさかったですか？」

「いえいえ。外の音がすごくて、なんだか眠れなくて」

多恵子はそう言って、やれやれ、といった顔をしたが、よく見れば、夕食を一緒に食べたときと同じ服を着ていた。

寝るつもりなど、なかったのだ――。

「倉島さん、よかったら、少しビールでも付き合ってもらえませんか？」

「え……」

多恵子は厨房の電気を点けて、なかから冷えたビールと二つのグラス、それに、簡単な酒肴をトレーに載せて持ってきた。

「はい、どうぞ」

「恐縮です……」

それぞれのグラスにお酌をし合い、軽くそのグラスを掲げてみせてから、白い泡に口をつけた。

「ふう、美味しい」

グラス半分くらいまで一気に飲んで、多恵子が目を細めた。そして、問わず語りに、ぽつりぽつりと過去を口にしはじめた。

「七年前もね、こんな天気だったんです――」

「……………」

「うちの人、台風で海が時化《しけ》る前に漁に出たとですけど――。そのまま二度と、帰ってきませんでした」

それは卓也からすでに聞いていた話だったが、私は黙ったまま、舐《な》めるようにビールを飲み続けた。

「海難事故ってね、遺体が上がらなくても、三ヶ月で死亡認定が下りるんです」

多恵子は、ふっと小さなため息をついて、グラスの残りを飲み干した。私はそのグラスにビールを注ぎ足す。

「あ、すみません。付き合っていただいている人に」

「いえ……」

ふいに雨戸が、ザザザ、と大きな音を立てた。弱まっていた雨がまた降りだしたようだ。

突風で店の梁《はり》が軋み、天井から吊るされた傘付きの照明が揺れた。照明が揺れると、多恵子の顔にできる影も揺れて、それがなんとも言えず淋しい風情を醸し出していた。

「うちの人、漁師だけやっていればよかったとです」

「………」

「なのに、妙な儲け話に乗って、騙《だま》されて、借金をたくさん作って……、それを返そうとして焦ったせいで、こんな結果になってしまって」

私は何も言えなかった。きっとこの話は奈緒子にもしていないのだろう。

「死亡保険金で借金を返して、残ったいくばくかのお金で、奈緒子と二人、この食堂をはじめたんですけどね」

多恵子はグラスを手にしたまま、ひどく懐かしいものでも見るような目で、店内を見渡した。

「ねえ、倉島さん」

「はい……」

「卓也くん、いい子でしょう」

「ええ、本当に」

「奈緒子にはもったいないくらい」

「いや、奈緒子さんもいい娘さんだと思います」

多恵子は、ふっ、と小さく微笑むと、前掛けのポケットから一枚の写真を抜き出した。

「こんな写真がね、あるんですよ。衣装合わせのときの――」

言いながら、写真をそっとテーブルの上に置いた。グレーの燕尾服《えんびふく》を着た卓也と、そのとなりで白いウエディングドレスを着た奈緒子の写真だった。照れ臭そうな卓也と、嬉しそうな奈緒子の表情が印象的だ。

「いい写真ですね」

私は思ったままを口にした。

多恵子は小さく微笑んで嘆息したが、その目には、幸せと淋しさの両方が入り交じっているようにも見えた。

そして、その複雑な視線をまっすぐ私に向けた。

「お願いが、あるんです――」

「え……」

「この写真を、見せてやりたいんです」

「…………」

「あの人に」

多恵子の目は、私を捕えて放さなかった。視線には、何かもっと別の意志が込められているように見えた。だが、私にはまだ、「あの人」の意味するところに確信が持てていなかった。だから、どう返事をしたものか迷っていた。

多恵子は、さらに訴えかけるような目で続けた。

「散骨をするときに、この写真も一緒に海に流していただけませんか。倉島さんに託せば、きっとあの人に届くような気がして……」

「あの人、ですか……」

「はい」

私はその写真を手にして、じっと見詰めた。

あの人――。

「……わかりました」

「よかった……。ありがとうございます」

多恵子は気が抜けたように「はぁ」と息をついて、私のグラスにビールを注ぎ足してくれた。

写真を受け取った私には、訊いておくべきことがあった。

「亡くなったご主人と晋也さんは、どんな関係だったんですか?」

多恵子は少し遠い目をして答える。

「幼なじみだったんです。二人ともかなりの悪童だったみたいで……。中学生のときは野球部でバッテリーを組んでいたそうです。うちのはキャッチャーだったと聞いてます」

「バッテリー……」

「ええ、でも、一度も公式戦で勝ったことのない弱小野球部だったって――」多恵子はくすりと笑って続けた。「野球はいつも負けるけど、場外乱闘だけは強かったとぞって、晋也さんとお酒を飲むとよく言ってましたけどね。でも、そんなのちっとも自慢にならないですよね」

私は苦笑しつつ、曖昧に頷いてみせた。

「で、平戸でいちばん有名だった番長と喧嘩をしたときに作った傷がこれだって、顔の傷を自慢するとですけど、よく聞いてみたら、結局その喧嘩も負けとるんですよ。男の人って、いくつになっても子供なんですね」

「たしかに」

「あ、倉島さんは違いますけど」

多恵子は慌てて言い繕って、またお酌をしてくれた。

グラスからこぼれそうになった泡に口をつけたとき、私は最後の質問をした。

「その喧嘩で作った顔の傷というのは――」

「この辺りに、すっと――」と、多恵子は自分の顔の一部を指で指し示した。

やはり……。

「そうですか」

私は深く頷いて、もう一度ウエディングの写真を眺めた。

「この写真、たしかに、海に流してきます」

「はい……」

返事をした多恵子の目が、じんわりと潤んだ。

私はわざと視線をはずして、多恵子のグラスにビールを注いだ。

注ぎながら、胸裡でつぶやいた。

洋子、この巡り合わせは、いったい何なんだい――？

◇　◇　◇

翌朝は、台風一過らしい澄み切った秋空が広がった。

朝食を食堂の母娘にご馳走になっていると、ふらりと卓也がやってきた。私の顔を見るなり、「あ、やっぱりここか」と笑ってから挨拶を口にした。

「おはようございます」

　みんな口々に挨拶を返した。

「キャンピングカーを覗いたけど、倉島さん、おらんかったけん、ここかなと思って」

「昨夜から、ずっと居候をさせていただいてるんだ」

「あ、そうだったんだ」

「朝食まで、ご馳走になってしまって……」

「たいしたご飯じゃなかですけど」

　多恵子が言う。

「ここのご飯は、美味しいからなぁ――」卓也は羨ましそうな顔をしてみせてから、本題に入った。「そうそう、いま、じっちゃんと話してたんですけど、今日の午後には風向きが変わるけん、船を出せそうなんです」

「え……」

「倉島さん、大丈夫ですか？」

　私はしっかりと頷いて、「ありがとう。わざわざ、それを伝えに？」と訊いた。

「ええ、まあ……。今日は漁もなかですし、暇なんで」

　少し照れ臭そうにしている卓也に、奈緒子が言った。

「卓ちゃんも、一緒にご飯食べる？」

「え、俺？」

いつの間にか機嫌がよくなっている奈緒子の様子に、卓也は一瞬だけ戸惑ったような顔をしたが、すぐに首を振った。

「俺はじっちゃんと喰ったけん、いまは腹一杯なんだ。でも、お茶だけ一緒に飲んでいこうかな」

「うん」

奈緒子がお茶をいれに席を立った。その背中を、ホッとした様子で卓也が見詰めている。

多恵子と私はなんとなく目が合って、若い二人のやりとりに微笑んだ。

「あ、倉島さん、じっちゃんに言われたとですけど、よかったら船を出す前に、うちで風呂にでも浸かってください」

「風呂に……？」

「無精髭を伸ばしたまま散骨もないだろうって」

思わず私は自分の頬に触れた。この旅に出るときから、伸ばしてみようと思っていたのだが、吾郎さんにそう言われると、なんとなく剃《そ》った方がいいような気がしてくる。だが、髭を剃るだけのために風呂まで借りる必要があるだろうか。

「ありがたいけど、風呂までは……」

「墓参りは何度でもできるけど、散骨は一度きりやけん、ちゃんと身を清めるべきだって、じっちゃんが言っとるんで。遠慮しなくて大丈夫ですよ」

それでも、なんとなく気が引けて、断りの言葉を探していたら、奈緒子が恐る恐るといった口調で言った。

「倉島さん……、もしかして、お風呂……、ずっと入ってないんですか？」

「いや、ずっと、というわけでは……」

昨日も雨のシャワーを浴びたし――などと、しどろもどろになって考えていたら、奈緒子が昨夜と同じ台詞を口にした。

「他人の厚意は？」

私は思わず、笑ってしまった。

「受けるべき、でしたね」

「正解です」

多恵子もくすくす笑っている。

「では、恐縮ですが後ほどお邪魔しますと、吾郎さんに伝えてくれるかな」

「はい。っていうか、何なんです、二人のその掛け合いみたいなのは？」

「卓ちゃんには、ヒミツ。ね、倉島さん」

首をかしげて悪戯っぽく微笑んだ奈緒子の頰に、小さなえくぼが浮かんだように見えたのは、気のせいだっただろうか。

◇　◇　◇

その日は夕方になっても雲ひとつない秋晴れが続いて、とっぷりと西に傾いた太陽は世界を透明なパイナップル色に染め上げていた。

風呂を借りて髭もきれいに剃った私は、車のキャビンで山頭火の句集を再読しながら、卓也からの連絡を待っていた。

携帯が鳴ったのは、ちょうど思い入れのある句を読んでいるときのことだった。

《ひとりとなれば仰がるゝ空の青さかな》

「もしもし」

「卓也です」端末から、張りのある若々しい声が聞こえてきた。「じっちゃんが、これから船を出すそうです」

「わかった。すぐに、船に向かいます」

通話を切って、私は「ふう」と息を吐いた。

ため息ではなく、決意の吐息だ。

洋子の旅行鞄のファスナーを開け、なかから骨壺を取り出した。

骨壺のなかから、水溶性の白い袋を静かに取り上げる。

そして私は、空っぽになった骨壺に、洋子から受け取った二通の手紙を入れた。

ありがとう。

洋子――。

心でつぶやきながら、そっとフタを載せた。

もう二度と、この骨壺を開けることはないだろう――そう思いながら、ガムテープでフタを固定した。

私は、骨壺を、このまま墓におさめると決めたのだ。

いつか自分が死んだときは、洋子の遺骨ではなく、洋子の「憶い」と一緒に墓に入り、ともに永遠に眠る。そう決めたのだった。

車から降りて、もう何度も行き来した港沿いを歩いた。

吾郎さんの漁船は、すでにエンジンがかかっていた。

「宜しくお願いします」

私は、船のなかの漁具を片付けている吾郎さんの背中に声をかけた。

「おお。風向きが変わってよかった。乗ってください」

吾郎さんは曲げていた腰に手を当て、チョコレート色の顔をしわしわにして微笑んだ。船上の吾郎さんは、居間の座椅子に座っているときとは印象が違った。おおらかさが際立っていて、いかにも老練な漁師らしい、潮風のよく似合う笑顔を浮かべるのだ。

「倉島さん、船に乗るときは気をつけてくださいね。荷物、先に受け取りますけん」

船のデッキから卓也が長い腕を伸ばしてくれた。

「じゃあ、これを」

私は手にしていた日本酒の四合瓶を卓也にあずけ、遺骨の入った鞄は自分の肩にかけたまま船に乗り込んだ。

「じっちゃん、舫い解くよ」

「ああ」

いよいよ、出船か——。

と、思った刹那、遠くから私を呼ぶ声がした。

「倉島さーん」

多恵子と奈緒子が、パイナップル色の風景のなかを駆け寄ってくる。奈緒子の手には、花束があった。

「ああ、間に合ってよかったぁ。卓ちゃん、携帯に電話しても出ないけん」

はあはあ、と息のあがった奈緒子が言った。

「わりぃ。携帯、船室に置きっ放しだった」

卓也が首筋を掻いたとき、多恵子も遅れてやってきた。

「倉島……、さん……、はあ、はあ……、献花を……」

多恵子も荒い呼吸を繰り返しながら言った。

そして、岸壁の端に立った奈緒子が、船上の私に献花を手渡してくれた。

花束は三つあった。

「うちの主人のと……、はあ、はあ、卓也くんのご両親のと……、はあ、倉島さんの……奥さんの……はあ、はあ」

息の上がった多恵子が、少し意味ありげな目で微笑んだ。

「こんな、お気遣いを——、ありがとうございます。しっかりと、海に供えてきます。この花束は」

私は、あえて「この花束は」と言った。

その意味を汲んだらしく、多恵子は少し笑みを大きくして、黙ってゆっくりと頷いた。

「宜しくお願いします」

「じゃ、よかか。船出すぞ」

舵をにぎる吾郎さんが、こちらを振り向いて言った。

「お願いします」

私が言うと、卓也は素早く舫いをほどいて岸壁を蹴った。

船がすうっと岸から離れていく。

吾郎さんがスクリューを動かした。

タタタタタタタ……と、小気味よい音を立てて、漁船がパイナップル色の海面を滑りだす。

岸壁から手を振る多恵子と奈緒子の姿が、だんだんと小さくなっていく。

私も二人に手を振り返した。

隣で卓也も大きく手を振っている。

「倉島さん、沖の夕暮れは、きれいかですよ」

エンジン音に負けない声で卓也が言った。

私は黙って深く頷いた。

赤灯台のある防波堤の外に出ると、そこは北、東、南の三方をぐるりと陸に囲まれた薄香湾だった。そして、西の湾口から薄香湾を出ると、平戸島、生月島《いきつきじま》、度島《たくしま》、的山大島《あづちおおしま》の四島に囲まれた大海が広がった。

さすがに、うねりは少し残っていたが、怖いほどではない。

「このあたりでよかでしょう」

吾郎さんが船を停めたのは、ちょうど四島の真ん中あたりだった。

そして、このとき、私は息を呑んでいた。

奇跡のような美しい夕暮れの風景に、心を奪われていたのだ。

生月島のシルエットの向こうに、熟れた柿のような太陽がとろとろと沈んでいき、海も、空も、まるで洋子が描いた絵手紙のようなオレンジ色に光り輝いていたのだ。

さらに、沈みゆく太陽の光を反射して、海原には金色の光の帯が延びていた。そして、私たちは、その光の帯の上に浮かんでいたのだ。

「すごいな……」

思わずつぶやいたら、卓也は自分が褒められたような顔をした。

「ね、きれいかでしょう」

私はため息をつきながら頷いた。

そして、花束のひとつを吾郎さんに手渡した。

「いや、倉島さん、先にやってください。私らは最後でよか」

「……はい」

私は傍らの鞄から白い水溶性の袋を取り出した。なかには、この手で細かく砕いた洋子の遺骨が入っている。

船の縁《へり》にしゃがんで、袋を両手で抱え上げた。

その袋に、そっと額を当て、目を閉じる。

洋子——。

心のなかで、名前を呼んだ。

さようなら、安らかに、ありがとう……どんな言葉も、しっくりこなかった。だが、ふっと「想いの熱」だけは胸に湧き上がってくる。

私はゆっくりと目を開けて、額から袋を離した。

そして、金色の帯の上にそっと横たえるように、洋子の遺骨を解き放った。

しばらくの間、白い袋は波間に揺れながら海面に浮いていた。

だが、袋が海水に溶けはじめると、白い顆粒となった洋子の遺骨が、さらさらと広がりながら、金色の海のなかへと沈みはじめた。

洋子が、海になっていく――。

その様子を呆然と眺めていたら、どういうわけだろう、これまで皮膚感覚として感じていた洋子の「存在感」までもが、さらさらと海風に霧散していく気がしたのだった。

私の内側と外側から、洋子がいなくなっていく。

喪失感で心にすうすうと風が抜けた。

「今日の海は、優しかね」

私の背中に声がかかった。

振り向くと、吾郎さんが花束を差し出していた。

「ありがとう……ございます」

受け取って、静かに海へと放った。

「これ……」

卓也が日本酒の瓶を手渡してくれる。

「ありがとう……」

洋子の好きだった日本酒を、とくとくと大海に注いでやる。

すべて注ぎ終えたとき、吾郎さんが目を閉じて、合掌した。

その横で、卓也も手を合わせてくれる。

洋子……。

私も、目を閉じて、そっと手を合わせる。

出会えて、本当によかった――。

心を込めて、別れを憶った。


奈緒子の父と、卓也の両親への献花と祈りを終えると、船は港に向かって走りだした。

陽光は、さっきよりもいっそう赤みを増して、海と空を燃えるような暖色に変えていく。

私は船縁《ふなべり》に腰掛けて、真っ赤に光る海原を眺めていた。

洋子の遺骨から、船がどんどん離れていく。

潮風は心地よかったが、心にはひりひりと染みた。

私は、二通目の手紙の内容を噛み締めていた。そうしていたら、空っぽな胸の内側が熱を帯びはじめた。私はその熱を冷ましたくて、真っ赤に染まった海風を肺いっぱいに吸い込んで、そして、ゆっくりと吐き出した。

洋子は――、あの手紙のなかで、私と寄り添って穏やかに暮らした人生を愛おしく思う、と書いてくれた。

ならば――。

私もまた、洋子と出会えた、この一度きりの人生を愛おしく想いながら、この先も生きていこうと思った。そして、きっとそれこそが、洋子が書き残した二通の遺言にたいする、いちばん誠実な答えになるのではないかとも思う。

洋子を失って、私は知ったのだ。

命とは、時間のことだと。

だから、私は、残された時間を大切にする。

時間を大切にするとは、命を大切にすることなのだ。

洋子と出会えたこの愛おしい人生の「いまこの瞬間」を、大切に、ていねいに、味わいながら生きていくこと。

賞味期限が切れるまで、ずっと――。

そんな決意のような想いが私のなかに根を下ろしたとき、洋子のいない私の未来に、ぱっと鮮やかな色彩が広がっていくような気がした。

頭上を一羽のカモメがふわふわと横切っていった。

洋子の描いた、一通目の絵手紙を憶う。

あれは、二羽のカモメが「それぞれの空」へと飛んでいく絵だった。

私が生きられるのは、私の人生だけなのだ。

唯一無二の、私だけの時間を味わい尽くそう。

過去も、現在も、未来も含めて、すべて――。

私は、この歳にしてようやく、自分の人生をまるごと受け入れる覚悟ができた気がしていた。覚悟ができたら、不完全な自分の存在までもが、どこか愛おしく思えるのが不思議だった。

すると、どうしたことだろう――。

ふいに胸の奥の方で固く結ばれていた感情の紐がするするとほどけたようになって、いきなり両目からしずくがこぼれはじめたのだった。

しずくは頬から落ちるのと同時に、風で後ろに吹き飛ばされて、薄香の海の一部となった。

洋子の眠る海に溶けたのだ。

私は、泣いた。

ようやく……。

空も海もないような真っ赤な世界の真ん中で、嗚咽《おえつ》もせずに、ただ、ひたすら温かいしずくだけをはらはらとこぼし続けた。

卓也も、吾郎さんも、そんな私に気づかぬフリをしてくれていた。

もうすぐ、今日だけの太陽が沈む。
やり直しのできない、たった一度の今日が終わるのだ。

第七章　かぜかぜ吹くな

　門司港の第一船だまり周辺は、レンガ造りの古い建物が残る「レトロの街」だった。道路や広場の地面にまで、びっしりとレンガが敷かれていて、どこを歩いても明治から大正にかけての風情が漂っている。

　その船だまりをぐるりと囲むように、朱色に白抜き文字の幟《のぼり》がいくつも立てられていた。幟には「全国うまいもの展」と行書で書かれている。

　時刻はまだ朝の九時半だが、すでにパラパラと観光客たちが集まりだしていた。

「お客さん、よかったら、いかがですか？」

　声に振り向くと、観光用の人力車の勧誘だった。三十歳そこそこの青年が、まぶしい朝の光に目を細めながら、愛想のいい笑顔でこちらを見ていた。

「あ、いや、結構です……」

「そうですか、残念。お客さん、今日は、うまいもの展に？」

「ええ。イカめし屋はどこかな、と……」

私が言うと、青年はパッと目を輝かせた。

「イカめし屋、ですか！」

「ええ」

「イカめし屋なら、向こう側の海峡プラザの前に出店してますよ。昨日、僕も食べたんですけどね、もう、めちゃくちゃ美味かったです。地元とは全然関係ないですけど、あれはオススメです」

「そうですか、ありがとう」

私はなんだか自分が褒められたような気分になって、頬が緩んでしまった。

海峡プラザは、いま私が立っている門司港ホテル側から見ると、ちょうど船だまりを挟んだ反対側にある観光施設だった。

私はおもむろに鞄から携帯電話と名刺を一枚取り出すと、はじめてかける番号に発信した。

忙しくて、いまは出られないかな——とも思ったのだが、三コールで無愛想な感じの太い声が聞こえてきた。

「はい、もしもし……」

「倉島です。先日は、どうも」

「…………」

言葉を失った南原の顔が想像できる。

「いま、お忙しいですか？」

「え……」

「実は、南原さんと、少しだけお会いしたくて」

「ええ、と……」

迷った様子の南原の携帯電話の向こうから、売り子をしている田宮の張りのある声がもれ聞こえてくる。南原はきっと、上司である田宮の様子を窺っているのだろう。

「南原さんに、お渡ししたいものがあるんです。でも、田宮さんのいるところでは――」

「わかりました」南原は私に最後まで言わせず、かすれた小声を出した。田宮に聞かれたくないのだ。「いま、どちらに？」

「私は海峡プラザのちょうど向かいにある、門司港ホテルの前にいます。これから橋を渡って、海峡プラザのそばの親水広場に行きますので、そこに来てもらえませんか」

「わかりました。伺います、すぐに」

南原はそう言ってプツリと通話を切った。

私は海峡プラザの前を通るのを避けて――正確に言えば、田宮に見つかることを避けて、

「ブルーウイングもじ」と呼ばれる跳ね橋を渡り、ぐるりと船だまりを半周して親水広場に向かった。

　親水広場と言っても、そこは海に入って遊ぶための施設があるわけではなく、船だまりに面したレンガ敷の広場に、色づきはじめた若い並木と、海を眺められるベンチがあるだけの、つまり大人の散歩道のような場所だった。

　私は誰も座っていないベンチのひとつに腰掛けて、南原がやってくるのを待っていた。

　さらりとした秋の朝のそよ風が、海を渡って吹いてくる。その風には「全国うまいもの展」から立ちのぼる美味しそうな匂いが溶けていた。

　私のすぐ目の前を、年老いた夫婦がのんびりと横切っていった。身なりの整った二人は仲《なか》睦《むつ》まじく手をつないでいた。白い朝日のなか、寄り添った小さな二つの背中は夢のように素敵に見えた。

　私は、軽いため息をついて、あの二人の幸せが少しでも長く続けばいいな、と思う。

「倉島さん」

　老夫婦とは逆の方から声をかけられた。

　調理服を着た南原は、少し息があがっていた。服にイカめしのタレが付いているのだろう、甘辛いようないい匂いがする。

「お忙しいところ、すみません」

私は立ち上がって、小さく会釈をした。

そして、ベンチに並んで腰掛けた。

「トイレに行くと言って、抜け出してきました」

「時間はとらせませんので」

さっそく私が本題に入ろうとすると、南原がちょっと意外そうな顔をした。

「杉野さんは？」

私は何喰わぬ顔で「彼とは、下関で別れました」と答えた。こういうときは、普段から無表情であることが役に立つ。

「そう、ですか……」

「ええ。田宮さんの声、ここまで聞こえてきますね」

私は杉野の話題をそらすように言った。

「本当ですね。通る声で羨ましいです」

二人で海峡プラザの方を見遣る。

すると、南原はまた自分以外の話題を口にした。

「あ、倉島さんたちと別れたあと、課長、思い切って奥さんに電話をしたそうです」

留守中に浮気をしていたという奥さんだ。

「…………」

「で、離婚の交渉に入ることにしたそうです」

「そうですか……」

「昨夜、一緒に飲んだときは、前向きな離婚にしてみせるって言ってました。なんだか、吹っ切れたみたいです」

「それは……」よかった、と言っていいものかどうかと迷って、「彼らしい」と言った。

私たちの前を、警備中らしい警察官が通り過ぎていった。しかし、その足取りはひどくのんびりしていて、ほとんど散歩気分に見える。警察官の少し向こうを、制服を着た修学旅行生の男女のグループが嬌声をあげながら駆けていく。

平和で、明るくて、美味しそうな匂いをはらんだ朝の空気を肺に吸い込んで、私はそれを言葉にして吐き出した。

「本題に入っても、いいですか？」

「……ええ」

南原の緊張が、私にまで伝染しそうだ。

「まずは、お礼です。おかげさまで、大浦吾郎さんに船を出してもらえました」

「じゃあ、散骨は無事に」

「ええ」

「それはよかったです。吾郎さんは、お元気でしたか？」

左右の膝の上に両肘を載せて手を組んだ南原が、私を見上げるように振り向いた。

「ええ。お元気そうでした。でも……」

「でも……？」

南原の目に、怪訝そうな色が浮かぶ。

「晋也さん夫妻は、亡くなっていました」

「…………」

思わぬ告白に、南原が息を呑んだのがわかった。

「ど、どうして……」

かすれた声を出した南原の唇が震えていた。

「七年前、南原という男になる前の——あなたが海で遭難して死んだ直後に、晋也さん夫妻もまた、同じように遭難してしまったんだそうです」

「…………」

呼吸を忘れたまま、南原は私を見詰めていた。

秋風がふわりと吹き、足元の落ち葉がくるくると渦を巻いて、海へと転がっていく。船だまりに停泊している観光船が、ぼーっと汽笛を鳴らした。

私は鞄から一枚の写真をそっと取り出して、南原に差し出した。

「これを……」

石のように固まっていた南原が、ゆっくりと写真を手にした。その写真に視線を落としたとき、南原の目に光が宿った。

「晋也さんの息子の卓也くんと、濱崎食堂の娘さんです」

「…………」

南原は、ただ、食い入るように写真を見詰めていた。

「とても幸せそうなカップルでした」

「…………」

「その写真、多恵子さんから、こっそり受け取ったんです。散骨をするときに、一緒に海に流して欲しいと頼まれて」

写真から顔を上げた南原は、訴えかけるような目で私を見た。

「大丈夫。多恵子さんも、幸せそうでした」

するとと、傷痕のある眉が切なげに動いて八の字になり、そのまま口もへの字になった。そして、南原の両目からしずくがほろほろと伝い落ちた。

「薄香……、小さな、漁師町だったでしょう」

むせび泣きながら、かすれた声で言う。

私は黙って頷いた。

「自分は――、あの町で生まれ育って、漁師になって、あいつと結婚して、娘も生まれて……、それで充分に幸せだったはずなのに」

「…………」

「なのに、自分は……」

「ええ……」

ゆっくり、深く、頷いて、私がすべて承知していることを目で伝えた。

南原は、とめどなく溢れ出すしずくを調理服の袖で少年のようにぬぐった。そして、言った。

「倉島さん、私は……どうしたら」

私は居たたまれなくなって南原からいったん視線を外し、船だまりの小さな海を眺めた。

その海の周りには、たくさんの幸せそうな人たちが集い、それぞれが思い思いの一期一会を楽しんでいるように見えた。

それなのに、私の隣には、はらはらと涙をこぼす男がいる。

ふと、私の脳裏に言葉が降ってきた。

「それもよからう草が咲いてゐる——」

「………」

「杉野さんが教えてくれた山頭火の句です」

「それ、どういう……」

私は苦笑しながら、答えた。

「すみません、私にも、よくわからないんですけど……。ただ、なんだかこの句を口にしたとき、人生をまるごと許されたような気分になれたんで」

薄香の空き地で寝泊まりしているときに、何度も口にした句だった。

「それも、よからう……」

成長した娘の写真を見詰めながら、南原がため息のようにつぶやく。

「ええ。ほら、あそこに草も咲いてますし」

傍らの植え込みに咲くコスモスを指差した。

南原は、しずくを流したまま、ふっと淋しげに微笑んだ。

「私の仕事は公務員って言いましたけど、実は刑務所で働いています」

「刑務官、ですか？」

「作業技官です。あ、でも、ついさっき辞表が受理されたので、過去形になりますが」

「………」

「刑務所では、受刑者が他人を使って塀の外と連絡を取ることを、鳩を飛ばす、と言います。これは厳重な処罰行為です」

南原は、黙ったまま、手にした写真を見下ろした。

「私は今日、鳩になったというわけです」

「………」

「でも――」

言いながら私はゆっくりと立ち上がった。そして、心から南原を励ますような気持ちで続けた。

「それもよからう、でしょう」

また、観光船の汽笛が鳴った。

私と南原の前を、別の修学旅行生たちが軽やかな足取りで通り過ぎていく。

「倉島さん……」

ベンチに腰掛けたままの南原が、私を見上げた。

「トイレ、あんまり長いと、田宮さんが心配しますよ」

ふっと泣き笑いの顔をして、南原も立ち上がった。

海風が、色づいた並木の葉を揺らし、さらさらとやわらかな音を奏でる。素敵な風と音だ。

私は、南原に右手を差し出した。

その手を、元漁師の大きな手が握り返してくる。

「卓也君と奈緒子さんの結婚式は、十一月一日だそうです」

「…………」

「では、鳩は、飛び去ります」

「ありがとう……ございました」

南原は顔をくしゃくしゃにして泣いた。

手を放して歩きだそうとした刹那、私はふと余計な質問をしてみることにした。

「あ、やっぱり、飛び立つ前にひとつ、いいですか」

「え……」

ここで私は、ふぅ、と息を吐いて、気持ちを整えた。

「光村洋子――、という名前を、ご存じですか？」

「光村、ですか……」

しばらく首をひねっていた南原だが、ふいにハッとした顔をした。

「あ、思い出しました。小学生の頃、同級生にいました」

私は、ごくり、と唾を飲み込んでしまう。

「どんな娘、でした？」

「ええと……。私は、女の子とは、あまり遊ばなかったので。でも、歌が上手くて、明るい感じの娘だった気がします」

「そうですか……」

私はしみじみ恵み深いような気持ちになって、軽く嘆息した。

「その娘が、何か？」

南原が訝《いぶか》しげな顔をする。

答えようとした私の顔は、自然と笑顔になっていた。

「私と南原さんを引き合わせた人です」

「え……」

「私の、妻です」

呆気に取られた表情の南原に、「では」と会釈をして、私はくるりときびすを返した。そして、元来た跳ね橋の方へと歩き出す。

心が、秋の高い空にふわふわ浮かんでいきそうなくらいに軽くて、私はいつもよりも大股で歩いていた。

後ろは、振り返らなかった。南原には南原だけの未来がこれからも続き、無限にある未来の選択肢のなかから自由に道を選び取る権利も、南原本人だけに与えられているのだ。

幸せになって欲しい。南原も、田宮も、薄香の人たちも。そして、山頭火が大好きな私の友達も――。

親水広場を出て左に折れ、跳ね橋にさしかかったとき、私はふと立ち止まった。

透明な玉が、私の前をふわりと空に向かって飛んでいったのだ。玉はつやつやと虹色に光り、いくつも、いくつも、青い空へとのぼっていく。

橋の真ん中あたりを見ると、赤い服を着た五歳くらいの少女が、母親と一緒にシャボン玉を飛ばしていた。「全国うまいもの展」の景品としてもらったシャボン玉セットで遊んでいるのだ。

少女はまじりっけのない笑顔で青空を見上げ、生まれたてのシャボン玉たちの行方を見詰めていた。

つい、薄香にいた頃の洋子も、あんな感じだったのかな――などと、遠い過去に想いを馳せてしまう。

シャボン玉は、風に翻弄されながら、ゆっくりゆっくりと浮かんでいく。しかし、ふいに割れてしまうものもある。

シャボン玉も、色々だな――。

船だまりの小さな海に向かって語りかけたら、洋子がよく口にしていた言葉を思い出した。

不思議な偶然の出会いってね、素敵な出来事の前触れなんですって。三回続いたら、奇跡が起きるらしいわ――。


ふと、私はこの旅を憶う。

青森刑務所で木工を教えていた杉野との出会い。

洋子の同級生だった南原との出会い。

どちらの出会いも、単なる偶然では片付けられない出来事のように思えてならない。


奇跡まで、あと一つだな、洋子――。

小さなシャボン玉が、ふわふわと私の目の前に飛んできた。

にっこり笑う少女と視線が合う。

私はその無垢な笑みに釣られて、穏やかな気分で微笑み返した。それを見た少女の母親も微笑んで、こちらに小さく会釈をする。

ふぅ……。

私は橋の手すりに寄りかかり、宇宙が透けて見えそうな青空を見上げた。

シャボン玉たちが、ふわふわと、楽しげに、不安そうに、儚げに、そして、そよ風にすら翻弄されながら、透明なブルーの広がりに向かって上昇していく。

すぐに割れてしまうもの、しばらく風に耐え忍んでから割れるもの、そして、高く、高く、空へと近づいていくもの。

生まれてすぐに消えなかった私の人生は、まだ続いている。

いつまで続くのかは、わからない。

どんな風に翻弄されるのかも、いきあたりばったりだ。

ただ、できることならば、賞味期限のあるうちに、奇跡とやらを味わってみたいとも思う。

この先、天国の洋子がこっそり用意しているかも知れない、もう一つの偶然の出会いを経て――。

少し強めの風が吹いた。

双子のシャボン玉が、ふるふると危うく揺れながら、私の頭上を飛んでいく。

まだまだ、割れるなよ――。

双子のシャボン玉の行方を見届けず、私はふたたび橋の上を歩きだした。ほかほかと温かな胸のなかで、洋子が唄わなかった歌を口ずさみながら。

かぜ　かぜ　吹くな
しゃぼんだま飛ばそ

第八章　あなたへ

あなたへ

人生のおしまいに、こんないたずらを仕掛けてしまって、ごめんなさい。

でも、せっかくわたしのために作ってくれたキャンピングカーですから、せめて一度くらいは、あなたと「一緒に」旅をしてみたかったのです。

わたしのなかでは「新婚旅行」のつもりなんですよ。

ここまでの旅は、いかがでしたか？

わたしはきっと、あなたのそばで素敵な思い出をたくさん作っていることだろうと思います。

想像すると、病床でもわくわくしてきます。

正直に言うと、人生は思っていたより、ずっと短かったです。

いま、生まれてすぐに壊れて消えてしまうシャボン玉の気持ちが、少しだけわかる気がします。もっともっと、屋根より高く、空の果てまで、二つのシャボン玉がくっついたまま飛んでいたかった。

でも、片方は、もうすぐ割れてしまいそう。

素敵なランデブーも、そろそろお終いです。

とても、淋しいですけれど。

でも、そんなふうに自分の「生」を愛おしく思えるということは、わたしがとても幸せな人生を送れたという証《あかし》でもありますよね。


わたしはもうすぐこの世からは離れますけれど、あなたと巡り会えて、穏やかに寄り添って暮らすことのできたこの人生を、いまは心から喜ばしく思っています。

一緒だった時間が愛おしくて、愛おしくて、一人でいると、つい涙がこぼれてしまいます。

いま、わたしをこの世に誕生させてくれた両親と、あなたをこの世に誕生させてくれたご両親に、とても深く感謝の気持ちを抱いています。


薄香の海は、いまでもきれいでしょうか？

秋ならばきっと、アゴのいい匂いが集落に漂っているのでしょうね。想像すると、懐かしくて、ため息が出てしまいます。

あの海に散骨をしてもらえたら、いよいよあなたとお別れです。

どうか、あなたは、あなたのこれからの人生を、自由に心ゆくまで生きてください。

今回の旅は、わたしが強引に誘い出しましたが、これからのあなたには、あなただけの「一歩」があると思うのです。その一歩を踏み出して、どんどん素敵な人生を歩んでいってください。

たまに、わたしのことを思い出してくれたなら、いちばん近くの海に来てくださいね。わたしはこの小さな島国をぐるりと取り囲んで、いつでもあなたの幸せを祈っています。

いま、嘘偽りなく、いえます。

あなたと出会えたことは、わたしの人生における最良の奇跡でした。

出会ってくれて、本当にありがとう。

心から。

倉島洋子

第九章　空気のような言葉

わたしが入院している病室は五階の角部屋で、窓からの見晴らしをとても気に入っている。眼下に見下ろす瓦屋根の家々の向こうに、こんもりとした小さな森と、ゆったり流れる川を見晴らせるから。

でも、今日のように一日中白いベッドに倒れ込んでいると、そんなお気に入りの風景すらも眺められないのが残念だ。

もう少し窓を下に作ってくれれば、重篤《じゅうとく》な病人でも寝たまま風景を愉しめるのに……。

エビのように身体を丸くしたわたしは、空しか見えない窓をぼんやりと眺めながら思う。

病院を設計するのはきっと健康な人だろうから、そんな細かなところにまでは配慮が行き届かないのだろう。それは、仕方のないことだ。人は所詮《しょせん》、人なのだ。他人の気持ちをすべて理解できるような神様にはなれない。

でも――。

と、わたしは思う。

もしも、あの人が病院を設計したとしたら、こういう些細《ささい》なところにまで、きっと気を遣ってくれるはずだと。

今日は抗がん剤の副作用で身体が信じられないくらいに重たかった。全身の毛細血管の隅々にまで粘土が詰まってしまったのではないかと思うほどだ。

それでも、吐き気がだいぶおさまってきたから、気分はずいぶんとましになっていた。

さてと……。

情けないくらい弱ってしまった筋肉にぐっと力を込めて、ベッドの上に上半身を起こすし、わたしは備え付けのテーブルを引き寄せた。さらに枕元のハンドバッグのなかから便箋の束と使い慣れた万年筆を取り出す。

ふう……。

たったのこれだけで、もう疲労を感じてしまうなんて。

お気に入りの窓から、今日はじめての風景を眺めた。

夏空が中途半端に暮れかけていて、森と川から色彩を奪っていた。なんだか夢のなかの風景みたいに、いまいちはっきりとしない感じなのだ。でも、時計の長針があと一周もすれば、世界はきっと美しい暖色に染められるだろう。

わたしは窓から視線を戻して、静かに便箋の扉のページを開いた。中面にはホタルブクロの花が描かれている。わたしの好きな花だ。

凜。

あの人と一緒に住み慣れた官舎で聞いていた風鈴の音色を思い出して、気持ちがだんだんと澄んでいく気がする。

わたしは万年筆のキャップを外した。

と――、ここまでは、毎日おなじ動作を繰り返してきた。でも、この先の段階へは、なかなか進めないでいる。あの人に書き残す最後のメッセージに、何を書いたらいいものか、迷いに迷い続けているのだった。

すでに塚本久美子さんに電話をして、遺言サポートセンターの件をお願いしてしまったから、いまさら書かないわけにもいかないし、書かずに死んだとしたら、ひどい後悔をこの世に残してしまうに違いない。

でも、万年筆は動いてくれない。

書くべき方向性は、わかっているのに。

わたしらしく人生を終えるための遺言であり、あの人らしく、これからの人生を生きてもらうための手紙にするのだ。

もちろん、感謝の気持ちもたっぷりと込めたい。

この人生で、あの人にしてもらったことにたいする恩返しになれたら、さらにいい。

恩返し――。

ふと、この遺言が何らかのプレゼントになりはしないか、と考えてみた。

プレゼント……。

うん、とわたしは一人で頷いてみる。

遺書がプレゼントになっているというのは、悪くないアイデアに思えてきた。

わたしの人生で、最後にして最大のプレゼントにできたら嬉しい。

なんとなく、また窓の外に目をやった。

刻々と空の色は変化していき、世界の色も塗り替えられていく。

小さな森のいちばん高い樹のてっぺんに、沈みつつある太陽が少しだけ触れているのを見て、わたしは思った。

もうすぐ、あの人が来てくれる。

今日もきっと、ぼそぼそと照れ臭そうな声色で、たくさんの優しい言葉をプレゼントしてくれることだろう。

「洋子の好きな更科蕎麦《さらしなそば》屋が市内にできたらしいよ。今度、食べに行こう」

「洋子のお気に入りの作家の新刊が出ていたから。ほら、買ってきたよ」

「洋子のキャンピングカー、ようやくキッチンの収納ができたよ」

洋子、洋子、洋子——。

はあ……。

わたしはため息をついた。

あの人は、この十五年間に何度、わたしの名前を呼んでくれただろう。


洋子。


空気のように、極々あたりまえに聞こえていたわたしの名前。でも、いまは違う。あの人に「洋子」と呼ばれるたびに、小さくてきらきらした幸福感が、わたしの内側に積み重なっていくのがはっきりとわかるのだ。

普通に名前を呼んでもらえるという、普通でない幸せ——。

嗚呼、こんなにも素敵なことに、どうしてもっと早く気づかなかったのだろう。

中途半端な歌い手から、公務員の嫁へ——わたしの人生は、とても平凡で、まるっきり取るに足りなくて、ありふれていて、だからこそ、こんなにも幸せだったのに……。

どうして、こんなにも早く、わたしは……。
ぽろりとしずくがふたつ頬を伝い落ちて、ホタルブクロの絵を濡らしてしまった。
いけない、いけない。
寝間着の袖で、それを吸い取った。
ひとつ深呼吸をして、万年筆をにぎりなおす。
幸せなわたしからのプレゼントとなる、最後のメッセージ。
まず、最初の一行は……。
そう、やっぱり「洋子」の代わりに――。

あなた

わたしの人生のいちばん幸福なときに、わたしがいちばんたくさん口にした「あなた」という空気のような単語を書いてみた。

あなたへ

空気のような単語の恵み深さを想ったら、またしずくが頬を伝い落ちた。

もうすぐ、その単語を口にできなくなることを想うと、さらにぽろぽろとしずくが落ちてしまう。

わたしは枕元からティッシュを一枚とって、目元を押さえた。

窓の外を見ると、世界はじわじわと蜜柑色に染まりはじめていた。

もうすぐ、あの人が来てしまう。

香ばしくて、優しい、木の匂いをまとって。

手紙を見られたらたいへんだから、続きはやっぱり、また明日にしようかしら。

あの人とわたしの明日は……きっと、まだ、もう少しはありそうだし。

いや。わたしがいなくなっても、あの人にはまだ明日がある。明日の明日もあるし、ずっとその先にも明日はやってくるだろう。

あの人はまだ、旅の途中を生きているのだ。

まだまだゴールなんて見えていないはずだ。

旅人なのだ、あの人は。

そう思ったとき、わたしのなかに、きらりとひらめきの星が降ってきた気がした。

そうか……。

わたしは、なんだか素敵なことを思いついてしまった。

旅に出よう。

あの人とふたりで、旅に。

あの人が作ってくれた「洋子のキャンピングカー」で。

目的地は――。

どこがいいかしら……。

ふとお気に入りの窓の外を見たら、世界はさらに赤く染まっていた。

きれいな夕焼け――。

わたしのなかで、その美しいオレンジ色の空は、小さな赤灯台のある懐かしい風景と重なって見えた。

ふふふ……。

わたしはひとり、ベッドの上で微笑んだ。

あなたに「羽」をプレゼント。

そっと便箋の上にペン先を置いた。

万年筆は、うれしそうにさらさらさらと滑りだしてくれた。

本書は、映画「あなたへ」（脚本・青島武）を
原案に創作された小説です。

幻冬舎文庫

●好評既刊
渚の旅人
かもめの熱い吐息
森沢明夫

2011年3月11日の東日本大震災前に著者が旅した東北。そこで出会ったのは住民達の優しさだった。震災後の今こそ伝えたい、そして取り戻さなければならない東日本の魅力を綴った旅エッセイ。

●好評既刊
風の谷のあの人と結婚する方法
須藤元気　森沢明夫

格闘家から作家へ。変幻自在のトリックスターが、〝幸せに生きるヒント〟を大公開。自分を見失いそうになった時、読めば気持ちが軽くなる。哲学に笑いを交えた未だかつてない名エッセイ。

●好評既刊
聖なる怪物たち
河原れん

飛びこみ出産の身元不明の妊婦が急死。それにかかわった「聖職者」たちは、小さな嘘を重ねるうちに、人生が狂っていく……。妊婦は何者なのか？　新生児は誰の子か？　傑作医療ミステリ。

●好評既刊
もう、怒らない
小池龍之介

怒ると心は乱れ、能力は曇り、体内を有害物質がかけめぐり、それが他人にも伝染する。あらゆる不幸の元凶である「怒り」を、どうしたら手放せるのか？　ブッダの教えに学ぶ、心の浄化法。

●幻冬舎よしもと文庫
第2図書係補佐
又吉直樹

お笑い界きっての本読み、ピース又吉が尾崎放哉、太宰治、江戸川乱歩などの作品紹介を通して自身を綴る、胸を揺さぶられるパーソナル・エッセイ集。芥川賞作家・中村文則氏との対談も収載。

あなたへ

森《もり》沢《さわ》明《あき》夫《お》

平成24年2月25日　初版発行
平成24年7月20日　5版発行

発行人――石原正康
編集人――永島賞二
発行所――株式会社幻冬舎
〒151-0051東京都渋谷区千駄ヶ谷4-9-7
電話　03(5411)6222(営業)
　　　03(5411)6211(編集)
振替00120-8-767643
印刷・製本―中央精版印刷株式会社
装丁者――高橋雅之

幻冬舎文庫

ISBN978-4-344-41824-0　C0193　も-14-2

幻冬舎ホームページアドレス　http://www.gentosha.co.jp/
この本に関するご意見・ご感想をメールでお寄せいただく場合は、
comment@gentosha.co.jpまで。